神の庭付き楠木邸

えんじゅ

[illust] OX

もくじ

第1章　食後のお仕事

昼を過ぎた頃から雨が降り出した。それでも、頂《いただき》に雨雲の冠を乗せた御山《おやま》が見下ろす楠木《くすのき》邸には、一滴すら落ちていかない。

普段通りの陽気に包まれた縁側で、二人の青年が座卓を挟んで座している。

ここの管理人たる楠木湊《くすのきみなと》と陰陽師《おんみょうじ》の播磨才賀《はりまさいが》だ。

今し方、眷属《けんぞく》を交えた昼食を終えた二人は仕事中である。

そこには、山神《やまがみ》と眷属三匹もいる。縁側の中央、大座布団の上に伏せた大狼《たいろう》を囲むようにテンたちがひっそりと控えていた。

先頃、湊と眷属たちがバーベキューを楽しんでいる途中、急遽《きゅうきょ》訪れた播磨を加え、腹を満たしたばかり。いつもであれば、さっさと自宅に帰る三匹が珍しく残っているのを湊はやや怪訝《けげん》に思っていた。

ともあれ、隣神《りんじん》たる山の神は、まるでここのヌシのごとき顔をしてそこにいる。

毎度のことである。湊と播磨が真剣にやり取りしていようと、歯牙にもかけずゴロゴロと寝返りを打ち、大あくびをかます。軽やかな滝の音を聞きながら、とても自由に過ごしていた。

なお、敷地外《しきち》に停《と》まっている乗用車に待機中の播磨の部下——由良《ゆら》にも、肉と山菜を差し入れてある。彼は、頑《かたく》なに楠木邸に入ろうとしないため、無理には誘わなかった。

ついでにいえば、四霊——霊亀《レイキ》、応龍《オウリュウ》、麒麟《キリン》、鳳凰《ホウオウ》は、いまだ呑《の》んだくれ、千鳥足でクスノキの周囲を回っていた。こんもりとした樹冠を抱くクスノキは、小粒な四霊たちに心地よい木陰を提供している。

さておき、仕事である。

湊の前——座卓にいくつもの並んでいるのは、細長い和紙だ。黒や朱色の文字や図案が描かれ、それぞれ様相が異なっている。それらは播磨が持参した、さまざまな術者の手による符だ。

それらを前のめりになった湊がしげしげと眺めた。

「人によってこんなに違うんですね」

「ああ、これでもごく一部だ。とりあえず、いま手に入る物を全部持ってきた」

言いながら、播磨は最後の一枚を並べた。碁盤の目のようにそろう和紙は、彼の几帳面《きちょうめん》な性格を物語っている。

「それにしても、どうしていきなり他者の物が見たくなったんだ？」

『他の方の護符が見てみたい』とメールで伝えたのは、他ならぬ湊だ。座卓を埋めるほどの枚数を持ってこられたのは、予想外だったけれども。

「ただ興味があったからといいますか、なんというか……」

言い渋った湊がちらりと山神へ視線を流すと、半眼で舟を漕《こ》いでいた。本日は残念ながら播磨の和菓子の手土産がなかったから、微塵《みじん》も興味を示さない。

そんな山神には申し訳ないが、己のつくる――和菓子の名前を記した護符にやや思うことがあったからだ。


先日、町でたまたま見た和紙がきっかけだった。

それには〝悪霊退散〟と記述されていた。お世辞にも上手《うま》い字とは言えず、和紙自体も粗悪品なのは明らかだったが、非常にわかりやすかった。それが本物の護符なのかは知らないが、一目で理解できる代物ではあった。

ゆえに思ったのだ。己もいかにもな文言を記すべきではないかと。

「そろそろ護符に和菓子の名前を書くのは、やめようと思いまして……」

素直に打ち明けたら、ピクッと山神の耳とヒゲが動いた。眷属の三対の眼《め》に同情の色が浮かぶ。

「しかし、もうそれで書き慣れているのだろう」

播磨は怪訝そうだ。

そのそばで、山神が何か言いたげにムズリと口吻《こうふん》を動かし、爛《らん》と眼を見開いた。

むろんのこと、播磨には見えていない。

「まぁ、そうなんですけど……」

正座する湊が足指を組み変えた。

「無理して他者の真似《まね》をしなくてもいいだろう。文字や図案自体に効力はないからな」

「そうなんですか？」

陰陽道《おんみょうどう》の術をかじったこともない湊には、並ぶ和紙に書かれ、描かれたモノたちの意味など皆目理解できない。

「どれも意味深で、効果がありそうに見えるんですけど」

「見慣れない者にとってはそう映るかもしれないな。陰陽道にはいくつもの流派があるんだが、それぞれが連綿と伝え続け、洗練されていった結果だからな」

まるで他人事《ひとごと》のような素っ気ない口ぶりだ。訊《き》けば播磨家の者で護符をつくる者はほとんどいないという。

播磨が手近な二枚を手に取った。片方は字のみ、もう片方は字と図で記されている。

湊には、ただ朱色で流れるように描かれた字とも絵とも判別しがたいモノにしか見えない。

「書かれてある内容が重要なんじゃない」

静かな声で告げた播磨の視線が湊の心臓部に向く。

「書き手の霊力がすべてだ」

「霊力……」

「ああ。ただ、キミの能力は我々の持つ霊力とは別のモノだが……」

「え？」

初耳だった。

「我が今までさんざん〝祓《はら》いの力〞と云《い》うてきたであろうに」

ぽそっと山神がこぼした。

会話は聞いていたようだが、その意識の大半はよそ事に向いている。いつの間にかその手元に地域情報誌があり、そこから視線を上げもせず、

「どれも、よき……」

と、うっとりつぶやいた。

むろん紙面には、山神が愛してやまない和菓子の写真がふんだんに掲載されている。

この情報誌は、毎度の武蔵《むさし》出版社から発行された物だが、ここ方丈町《ほうじょうちょう》のみならず、市の和菓子屋が網羅された特集号である。年に一度しか発行されず、季節物ではない定番商品だけが載っている。

どれもこれもこし餡《あん》のため、つぶ餡愛好家たちの不興を買っているが、致し方あるまい。

なにせこれは、記事担当者が半泣きになりながら山神だけに捧《ささ》げるために書いた物だからだ。

その甲斐《かい》あってか、特集号は山神のお気に入りである。頻繁に眺めるせいで少々紙がよれており、折り目もたくさんついていた。

「ぬぅ、志摩屋《しまや》のやぶれまんじゅうか……。久しく食うておらぬぞ。白い皮から見え隠れするこし餡がなんとも小憎いものよ。かのなめらかな舌触りを思い出すだけで……」

つつーっとよだれが口元から垂れる。

「山神、滝は庭にある分だけで十分です」

ピシャリとセリにたしなめられ、ひゅっとよだれが引っ込んだ。

それを横目に湊は思い返していた。確かに己が力を山神から一度も〝霊力〟と称されたことはないなと。

山神一家の会話は、播磨には聞こえていない。けれども、やや遠慮がちに語り出した。

「我々が有する霊力は汎用性が高いんだ。この護符――俺たちは、呪符《じゅふ》と呼んでいるが、悪霊を祓うだけでなく、人それぞれの願望を叶《かな》える符をつくることもできる」

恋愛成就、除災、招福、金運・運気の向上などなど。陰陽道に基づいた術を用い、個人の願いに応じて作成するという。

さらには、九字切りや印を結んで悪霊を祓ったり、調伏《ちょうぶく》した妖怪を式神として召喚したり、式神を一からつくり出したり、結界を張ったりも可能らしい。

「――だが、キミには祓うしかできない」

「不器用だからですかね？」

「いや、そうではなく……。言い方が悪かったな、悪霊や穢《けが》れを祓うことに特化した力だからだ」

「――そうだったんですね。まぁ俺、陰陽師じゃないですし、なりたいとも思ってないからいいですけど」

「――そうか。特化した力だからこそ、強力でもあるんだろうな」

あとのほうは、目を伏せて小声だった。播磨が視線を上げる。

「だから我が播磨家の者は、キミの書いたモノを〝護符〟と呼んでいる。対象物を護《まも》る効果が高いからな」

「そうだったんですね」

「ああ。符に書く字の内容は気にしなくていい。何が書いてあっても構わない。悪霊を祓えさえすればそれでいいからな」

――いかなる手段であろうと、祓えればいいんだよ、祓えれば。正統派を主張する陰陽道宗家から邪道と蔑まれる播磨家の基本理念である。


ともかく、湊は今さらながらもう一つ思うところがあった。

上目で正面を見やる。

「俺が書いた物を播磨さんたちが使う時、恥ずかしくないかと思ったのもありまして……」

「特にどうも思わない」

平然と播磨は答えた。もう慣れているからだ。加えてわざわざ他者に見せびらかすこともない。

播磨が苦笑する。

「我が一族の女たちは、書かれた和菓子を買いにいかねばならんと妙に燃えることになるようだが……」

配った直後、親族たちが目の色を変えて『買いに行って参ります！』と、颯爽《さっそう》と走っていく背を見送るまでがワンセットになっている。

「それに、こういう呪符もあるからな」

おもむろにバッグから取り出された紙には、一体のシャチが描かれていた。

「おお、絵がうまい」

思わず湊は唸《うな》った。

水墨画といって差し支えなかろう、躍動感あふれるその絵は、湊の護符以上のインパクトがある。むしろこちらのほうが、悪霊を祓う効果があるとは思われまい。端に申し訳程度に文字が書き連ねてはあるけれども。

「そういうのもあるんですね」

首を伸ばす湊に、播磨が手渡した。

間近で見るとなお迫力があった。

それから気づいた。このシャチの絵、先日会いそこねた三号――シャチのぬいぐるみと似ていないだろうかと。

湊が幼い頃、海洋図鑑を貸した宿の客――葛木《かつらぎ》によってつくられた存在だ。山神と方丈町南部の散策に出かけた折、偶然会ったのは五体いるうちの三体だった。山神に教えられてそれらが式神だったと今は知っている。

その一体曰《いわ》く、シャチも今なおいるとのことだったが――。

思案していると、播磨が重々しく告げた。

「その符は、キミの護符に匹敵するほどの除霊効果があったんだ」

「過去形なら、使用済みなんですね」

「ああ。キミの護符から字が消えるのとは逆で、その文字が浮かび上がったら効力が切れたという意味になる」

「陰陽師の方の物はそうなんですね」

「いや、違う。それをつくられた方にしかできない術なんだ」

尊敬の念を感じる声色に態度だった。

「すごい方なんですね？」

「ああ、その方は陰陽師ではなく退魔師だが」

「退魔師？」

「俺ら国家公務員の陰陽師とは違う、民間の悪霊を祓う者たちのことだ」

「そんな方々がいらっしゃるんですね。知らなかったです」

「キミには縁がないからだろうな」

もっともである。湊の父を除く家族は穢れ耐性が異様に高く、何より湊自身が悪霊を祓えるおかげで霊障とは無縁だ。

「なぬッ」

突如、山神の素っ頓狂な声が響いた。

バッと勢いよく湊と播磨が山神を見た。

険しい顔の大狼がわなわなと震えていた。総毛立ち、その周囲でパチリ、パチリと燐光《りんこう》までも弾《はじ》けている。播磨にはその光しか見えていない。

「わ、我としたことが、ぺーじを見落としておったとはッ」

その前足の下、開かれた紙面は綺麗《きれい》な状態だ。

「ページがくっついてたみたい。山神ってばおっちょこちょいだよね」

バチバチと宙が裂けはじめても、傍らのウツギは笑っている。

セリとトリカもまったく動じず、そばに座したままだ。

「仕方ありませんよ。誰しもうっかりはあるものです」

「だな、そんなこともあるさ。楽しみが残っていたと思えばいいんじゃないか？」

悲しいかな、セリとトリカの慰めは山神の耳には入らない。

「ありえぬ、断じてありえぬッ。我が今のいままで新作を知らずにのうのうと過ごしておったなぞ……！」

ギッと紙面を睨《にら》みつけた。見開きに楚々《そそ》と載った茶色いまんじゅうの表面は艶《つや》めき、中のこし餡はしっとり加減を伝えている。

「土佐家《とさや》の新作の黒糖まんじゅうぞ！　我の舌にあうのは食わずともわかるわ！」

ならば食わずともよかろう。そうツッコむモノは誰もいない。

顔を見合わせた眷属たちは肩をすくめた。

ざわりと大きく大狼の毛がゆらめく。その憤りに呼応し、大気が鳴り響き、風が渦巻き、ガラス窓も軋《きし》んだ。

周囲の異変は知れる播磨が、顔色を変えて腰を浮かすも、

「播磨さん、座っていて大丈夫ですよ」

のんびりとした湊の声が制した。その声とは裏腹に座卓の呪符を素早くかき集めていく。

それを見て、座り直した播磨が尋ねた。

「――こういう事態は、よくあるのか？」

「はい、それなりに」

重ねた呪符を播磨へ差し出す。普段通りのやり取りをする二人の頭髪、衣類は暴風によって乱れに乱れているが、それだけだ。他に害はない。

湊が脇に置いていたお盆を引き寄せ、慌てても急ぎもせず茶の支度をはじめた。

「山神さんは、ただ自分自身に苛《いら》ついてるだけです。周囲の者に当たるような真似はしません。風はちょっと強いですけど」

「そうか……」

山神の身から発する風が増し、播磨の半身が倒れかかる。同じ方向へ傾いた湊の手には、急須と湯飲みがある。

「山神さん、お茶が入れられないよ」

スン……と瞬時に風がやみ、虚空を切り裂く音も鳴りを潜めた。依然として鼻梁《びりょう》に深いシワを刻んだ大狼は、グルグルと喉を鳴らしている。

とぽとぽ。お茶が湯飲みへ注がれ、ふんわりと玉露の香りが広がるにつれ、山神の表情も穏やかになっていった。

単純な神で助かる。

そんな気持ちをおくびにも出さず、湊は湯飲みを配り、山神の前にも置いた。山神自ら選んだお気に入りの黒楽茶碗《くろらくぢゃわん》だ。粗末に扱うことなぞありえない。しかと前足で挟み、深々と芳しい香気を嗅ぎ、軽やかに尾を振った。

これでもう安心である。庭全体に穏やかな風が流れ、播磨も肩の力が抜けたようだ。

湊が座卓の下から和紙の束を取り出した。

「――では、これが今日の分の護符なんですが――」

いざ、取引の再開をしかけたものの、それは叶わなかった。

山神がふいに顔を上げる。燐光を放つその金眼が敷地の隅の方角を見据えていた。

「十和田《とわだ》よ」

静かなささやき声だった。だが、不思議な力を帯びている。その声は物理的な障害物をものともせず、呼ばれた人物のもとへと一直線に届く力を秘めていた。

なお十和田とは、地域情報誌の和菓子記事を担当している記者だ。先日、南部へ出向いた折、山神と湊は彼と面識を持つに至った。

姿勢を正した山神は、ひそかなる言葉を続けた。

「ぬしに告げよう。よいか、次号の記事には必ずや土佐家の特集を――」

「山神っ、ちょっと待って！」

ウツギによって、私欲にまみれた神託《しんたく》が遮られた。

力強く後ろ足で立ち上がったウツギの顔はやけに凛々《りり》しい。ギュッと前足を握りしめた。

「我が出向いて、かの者に直接山神の言葉を伝えてくる！」

やや眉をひそめていた山神が瞬《まばた》く。ウツギの申し出が意外だったのだろう。

「――左様か。ならば、ウツギに託そうぞ。必ずや我の真意を十和田に伝えよ」

ふーっと細く長く息を吐いた。一筋の糸がまっすぐに伸び、塀を貫いた。彼方《かなた》へと続くその煌《きら》めく金糸は消えもたわみもしない。山神にまつわるモノの視界にしか映らない特殊な代物だ。

「この糸をたどれば、迷わずあやつのところまでいけよう」

「うん！」

向かいあう神と眷属の様子は、厳かな儀式めいていた。その実、ただの和菓子記事に関する伝言ゲームである。

「あやつは憑《つ》かれやすいゆえ、もし難儀しておるようならついでに祓ってやれ」

「わかった！」

「昨日の今日で憑かれてはおるまいが……。して、肝心の伝える内容であるが――」

もうウツギは駆け出していた。弾丸を凌《しの》ぐ速度で白い影が塀を跳び越えていってしまった。

山神が盛大に嘆息する。

「粗忽《そこつ》者め」

「張りきっているせいか念話も通じないようです」

額に前足を当てたセリがうつむいた。腕を組んだトリカは呆《あき》れながらも穏やかな声で告げる。

「まぁ、ともに記事を眺めていたウツギも伝える内容はわかっているだろう。土佐家の特集記事を組めというわがままな要求をな」

「それだけではないわ。阿波《あわ》本店《ほんてん》と薩摩《さつま》楼《ろう》もぞ」

「少しは遠慮しろ」

苦々しげな山神の言をトリカは斬って捨てた。

そんな山神一家の一連のやり取りを見ざるを得なかった湊は空笑いをしている。

一方、そのやり取りを知り得なかった播磨だったが、いまだブツブツと文句を垂れている山神の足元、開いた情報誌を一瞥《いちべつ》し、

「次はその土佐家の黒糖まんじゅうを持ってくる」

と、しれっと湊に伝えた。縁側の気温が上昇し、風も強くなったが、播磨は澄ました面持ちで湯飲みを傾けた。

「いつもありがとうございます」

播磨さんもだいぶ馴染《なじ》んできたな、と湊は内心でほっこりしている。

かれこれ一年以上の付き合いになる。この摩訶不思議《まかふしぎ》な空間である神の庭と、理不尽な山神にもいい加減、慣れもしよう。

無事に護符の確認が済んだ播磨は、やや言いにくそうに切り出した。

「少し訊きたいんだが……。キミが言うところの失敗作はあるか？」

前回、祓いの力を閉じ込められなかった物を失敗作だからタダでどうぞと、おまけで渡していた。もらえん、もらってくれと一悶着《ひともんちゃく》あったがそれはそれ。

「はい、数枚あります」

「そちらも売ってくれないか」

切実な響きがあった。今回の護符の枚数はいつもより少なかったからだろう。湊はここのところやや疲れを感じていたから、無理からぬことだった。

ともかく前回のように失敗作をおまけだと押しつけても、埒《らち》が明かないのはわかりきっているため、半値で妥協してもらった。

護符の束をバッグへしまう播磨は安堵《あんど》しているようだった。

「また忙しいんですか？」

「ああ、少しな」

続けて辞去の台詞《せりふ》を口にした播磨は、低い声で忠告してきた。

「このあたりは問題ないだろうが、もし南部方面にいくことがあれば、気をつけてくれ」

先刻、ウツギが向かったのはそちらだ。

ちょうど雨脚も強くなり、遠くで雷鳴が鳴った。

不安を覚えた湊は、そちら側へ顔を向ける。

南部上空を覆う雷雲に稲光が枝分かれして走った。同時、一条《いちじょう》の落雷を背景に、白い塊が駆け込んでくる。

「たっだいま〜、かの者に伝えてきたよー！　ちょうど憑かれそうになってるとこだったから、始末してきたよ〜！」

雷鳴をかき消すように陽気に告げたウツギは、クスノキの上で宙返りを披露してくれた。なんの心配もいらなかったらしい。


梅雨《つゆ》らしい土砂降りの中、播磨は去っていった。

場違いな春の陽気に包まれた縁側では、山神と湊がまったりお茶を楽しんでいる。眷属たちも自宅に戻っていた。

湊が見上げる空は鉛色で、雨がやむ様子はない。その勢いはまるで、家から出さないと言わんばかりだ。

「いよいよ梅雨本番って感じだよね」

「しばらく降り続けるであろうよ」

羊羹《ようかん》を頬張る山神から天気予報のお知らせである。

「山神さんの予想は外れないからな……。じゃあ、山神さんちの登山道を見にいけるのは、かなり先になりそうだね」

「うむ、賢明である。悪天候の中、険しい山に入るなぞたわけのすることゆえ」

山神は楽しげに羊羹を舌の上で転がしている。

いまの湊には、雨による強制的なおこもりは、かえってよかったのかもしれない。

「しばらく、ゆっくりしようかな……」

「それがよき」

ゴロンと横になった湊は、すぐさま寝入ってしまった。さほど経《た》たずに眠ってしまうなど、それはもう気絶に等しい。疲れが取れていない証左だ。

それを横目に山神はひと息吐《つ》いて、最後の羊羹に噛《か》みついた。

◯

それから数日後、ようやく晴れの日が訪れる。

その間、湊は異能——祓いの力と神々の力を一度も行使せず、管理人としての業務だけを行っていた。

おかげで、完全に異能の根源は回復したという。

『その感覚を忘れるな』と山神に告げられ、意識を集中すると、身体《からだ》の中心部にあたたかく満たされた感覚があった。

やはり意識しなければ、知覚できないのだと改めて学ぶきっかけにもなった。


そしてウツギと元気に山に登り、かずら橋と登山道を検分した。登山道のほうはともかく、無数に落ちた岩を排除しなければならない。こちらは風を操れる湊だけでもどうにかできるだろう。

その無数の岩が転がっている原因は、風神によるものだと眷属から聞かされた。ゆえに己が後始末をやらねばならぬと妙な使命感に駆られてもいる。

そちらはどうにかなるだろうが、問題はかずら橋だ。

素人目に見ても、ツルは朽ちて切れる寸前のように見えた。おそらく架け直しになるだろうが、人ひとりでどうにかできるはずもない。

「うーん、どうしよう……」

湊は顎に手を当て、唸る。

「もうこのツルらは全部腐ってるよ。無理に渡ったらすぐにでも切れるだろうね。いっそ全部落として、一本の木に交換しちゃえばいいじゃないの？」

見上げたウツギがあっけらかんと告げた。

「そうはいかないよ」

「どうして？　簡単でしょ。湊は風が遣えるんだから」

「確かにできるだろうね。でもダメだ。橋は人が通るから、安全第一だよ。なんの知識もない俺が勝手に架けていいものじゃない」

「ふーん、そうなんだ〜」

間延びした口調のウツギは、一見、興味なさそうな態度だ。

けれども、その眼が不安げにゆれたことに、ツルを触っていた湊は気づかなかった。

「やっぱり、かずら橋の専門家を探そうかな」

「そういう人間がいるの？」

「たぶんね。かなり珍しい物だから、職人さん自体が少ないだろうけど」

湊は今一度、かずら橋を見やる。風にあおられ、耳障りな軋み音が鳴った。完全に落ちる前に専門家に見てもらったほうがいいだろう。なるべく急がなければならない。

「まったく心当たりがないから、とりあえず地元の方に訊いてみようかな。——そうだ、日向《ひゅうが》さんに訊いてみよう」

二回ほど会った工務店の親方である。もしかすると、伝手《つて》を持っているかもしれない。

「——いついくの？」

問うたウツギが後ろ足で立ち上がった。その佇《たたず》まいは、やけに雄々しい。

「明日いってくるよ」

「我らもついていっていい？」

「もちろんいいよ。珍しいね」

「──うん、たまにはね～」

霊亀や応龍以上に引きこもりな箱入りが、どういう風の吹き回しであろうか。

疑問に思った湊に、ウツギは背を見せる。ちんまりとしたその後ろ姿には、初陣《ういじん》前夜の若武者を彷彿《ほうふつ》とさせる緊張感がみなぎっていた。


ウツギに送られて家に戻った湊は、裏門をくぐる。

うっすら軌跡を残して石灯籠に駆け込んだ白い影──神霊には気づかないフリをする。

山神家の新入りたる神霊はエゾモモンガの姿をしており、湊がいない時だけちょろちょろと庭に出ている。まだ面と向かって相まみえる気はないらしく、一度夏みかんで釣って以来、お目にかかっていない。

近々、また別の食べ物で挑戦してみようと目論《もくろ》んでいる。

湊は、緑鮮やかな庭に架かる太鼓橋で立ち止まり、空を仰いだ。視界に入る青い面に雲はない。けれどもはるか遠く、肉眼では捉えられない位置にうっすら雨雲の影がある。

「明日も晴れたらいいな」

──湊が願いを口にした。

直後、ぬっと滝壺《たきつぼ》から応龍が出てきた。神水を滴らせつつ、まだ見えぬ雨雲へと鼻先を向ける。

大きく羽を広げ、外れそうなほど開いたアギトから一条の光が放たれた。

宙を一直線に走り、さくっと灰色雲を刺し貫くや、ともにちりぢりになって消えてしまった。一瞬の出来事だった。

あとには、からりと晴れた青空が無限に広がっている。

これで明日も一日中、地上からお天道様《てんとさま》を余すことなく拝めるだろう。

ポチャンと応龍が滝壺へ潜っていく。その表情は達成感に満ちていた。

その一部始終を眺めていたクスノキが樹冠を振り回す。楽しげに、うれしげに。

第2章　今回は物見遊山となるか

まんまとピーカン日和《びより》になった翌日、湊と眷属三匹は仲良く早朝から出かけていた。

彼らが目指すのは、日向工務店。北部の目抜き通りからやや外れた場所にある。

以前、山神とともに出かけた時、親方が日曜大工に励んでいる家の前を通りかかったことがあり、調べたら工務店はそこに併設されているようだった。

商店街を間近にした街道を湊一行が進んでいく。平日の朝にもかかわらず、人が多い。

梅雨のひとときの晴れ間を謳歌《おうか》するためであろう。

まっすぐ歩くのがやや困難なその道のりに入っても、湊は速度を落とさず人を避けて進んでゆく。

一方、その前と左右を駆ける眷属たちの足取りはひどく重い。

家を出立し、バスに乗っている間まではまともだった。

やや口数が少なかったぐらいだったが、降車してから格段に様子がおかしくなった。眉間と鼻筋にシワを寄せ、鈍足になっている。垂れ下がった太い尾はいつも通りだが、駆ける所作に俊敏さはない。

「大丈夫そう……？」

そんな彼らに湊が小声で問うと、前方のセリが振り返る。異様に表情が硬い。

「――はい、まだなんとか……」

「――ああ……」

「――う、ん」

左右のトリカとウツギもうつむきがちで、声もほとんど聞き取れなかった。

なぜ、こうも眷属たちから生気が抜けているのか。

それは、湊のバッグに入ったメモ帳がまっさらだからだ。

いつもの彼らを覆うバリアめいた翡翠《ひすい》光――爽やかな香りがせず、神聖な眷属たちを護るモノがなかった。

もちろん湊が怠ったわけではなく、出かける間際、セリからメモ帳には何も書かずに出かけようと申し入れがあったからだ。

彼らは、人間に慣れたいという。

湊はもとより穢れに耐性があり、自らを護るための護符バリアは必要ない。にもかかわらず、外出時は必ずメモ帳の半分を祓う文字で埋めていた。

はっきりいえば、無駄に祓いの力を浪費していた。

その力は無限に湧くものではないのだと骨身に染みて学んだばかりだ。ならば、極力節約すべきであろう。

そんな理由で現在、眷属三匹は丸腰で人波に挑んだに等しい。魂から微量に悪臭を垂れ流す者がひしめく、その只中《ただなか》へ。一人一人の臭いはわずかでも、大勢ともなれば激臭になる。いうなれば、清流で生まれ育った魚をドブ川へ放流したようなものだ。鼻だけではなく、眼や喉、脳にも大打撃を受けていた。

鼻はとっくに麻痺《まひ》し、頭は割れそうで耳もよく聞こえていない。方向感覚さえ怪しくなってきていた。

ついに湊の右手をゆくウツギが、よろけた。

「退却ー！」

湊はたまらず叫び、三匹まとめて抱え上げ、横道へ駆け込んだ。通行人には怪しい言動に映ったであろうが、構っていられない。

できるだけ眷属たちをゆらさないよう、無人の場を目指して走った。

顔を伏せたセリは、四肢と尻尾も伸びきっている。

「ム、ムネンです……っ。ミ、ミニャト、メンボク、あ、あり、ません」

「いいよ！　無理したんだから！」

トリカも同じ状態でへばっている。

「カ、カクゴはして、いたつもりだったが……こ、ココまでとは……な。すまない、ミナト、ふ、ふがい、なくて……」

「気にしないで！」

「オロロロ……――」

「わー、ウツギ！」

グルグルおめめの末っ子は、嘔吐《おうと》してしまった。

狭い路地に人はいない。臭いの発生源がなくなったとはいえ、即座に体調が回復するはずもない。

焦る湊が首をめぐらす。そこは知らない場所だった。

両脇はのっぺりとした土塀が続く住宅地だ。この界隈《かいわい》は北部でもっとも栄えた区域になり、建物が密集している。縦横無尽に延びる細い路地はどれも、民家につながっており、狭苦しい。

「……どこかに空気のいい、休める所はないか……」

「ミャア！」

背後から高い猫の鳴き声がして振り向いた。

悠々と歩み寄ってくるのは、黒い毛並みの猫。足先が白いこの靴下猫は、時折会う顔馴染《かおなじ》みだった。

「ちょうどよかった……！　このあたりに自然が多い場所ある？」

問いかけても猫は答えない。黙して傍らを通り過ぎ、一度振り向いて、長い尾をピンと立てた。

案内してくれるらしい。

さほどいくまでもなく、緑豊かな場所にたどり着いた。

厚いツタに包まれて緑のかまくらと化しているのは、元住居であろう。庭木との境目もなくなっていて不気味さしかないが、住宅地の切れ間にあたる一帯は風通しがよく、外観にさえ目をつぶれば快適な所だった。

崩れた塀のそばで見上げてくる靴下猫は、どこか得意げだ。

「キミのお気に入りの所かな。教えてくれてありがとう」

猫は、湊の膝に横っ腹を擦《なす》りつけたあと、向かいの垣根の隙間へ入っていった。

見送った湊の腕の中で、眷属たちが深々と呼吸をして身じろぎした。

「気分、よくなった？」

「――だいぶ、よくなりました」

「全快……ではないが、結構マシに、なった」

「うん……。うぐっ」

強がっているものの、引きつれた表情からまだダメだと知れる。体勢もよろしくない。かろうじて塀の体裁を保つ囲いを越え、敷地内にこっそり踏み込む前にひと言。

「おじゃましまーす」

「律儀……ですね……」

小声でささやいた湊に、セリは浅く笑った。

それから緑の絨毯《じゅうたん》の上に三匹を下ろした途端、ぐったりと伏せてしまった。湊は、ボディバッグの中からペットボトルを取り出し、ウツギへ差し出す。かすかに首を横へ振って拒否された。

「ダメか……」

山神と彼らも好む炭酸水だが、飲む元気もないらしい。

「じゃあ、これならどうかな」

湊はメモ帳を手にし、筆ペンを握った。中に注入された墨液は、神水で墨を磨《す》った物だ。

キャップを開けた瞬間、ウツギがにじり寄ってきて鼻を引くつかせる。

「具合がよくなりますように」

願いと祓いの力も込めて、〝山神〟と記した。その字から、湊と三匹を包んであまりある光量が放たれ、爽やかな香りも拡散された。

瞬時に悪心、吐き気なぞ吹っ飛ぶ効果がある。

「ふわぁっ」

ウツギがメモ帳に顔面を突っ込んだ。セリとトリカも相次ぎ、群がる三つの頭部しか見えなくなった。グイグイ鼻先を押しつけられ、湊の手が下がる。

「なんか怖い。俺が書いたモノ、ヤバいブツみたいになってる……」

おののく書き手をよそに、三匹は恍惚《こうこつ》としている。

「いい香りがしゅる～」

弾む口調のウツギは、一気に復調したようだ。

「ホントでひゅね。改めて思ひました」

「フガフガ」

鼻を文字に押しつけているセリとトリカの虚勢もはがれ落ちてしまっていた。やはりいきなりの人混みは、箱入りたちには耐えがたかったのだろう。

それにしても、湊は気になる事柄があった。

「いい香りって、俺の書いた字からするってこと？」

「そうです。とても爽やかな香りがするんですよ」

セリが鼻を鳴らしつつ答えた。

「知らなかった……。山神さんから聞いたことないよ」

「山神のほうが強く匂うからね〜」

ウツギがクフクフ笑いながら話す。

「あー……確かに……？　常に森林の香りがしてるね」

「ウツギの言い方だと、臭《くさ》いみたいだな」

トリカが笑いながら告げた。

まったく離れようとしない眷属たちを見て、湊が提案する。

「もう、このまま家に帰ろうか？」

一挙に三つの顔が上がった。その背後にメラメラと闘気の炎を宿している。

断じて、帰らぬ！　態度で示していた。

「湊、大変ご迷惑をおかけしました。我らはもう大丈夫です。——絶対に帰りません、帰れません。いきましょう」

「ああ、問題ない」

「いける、いける！　まだ帰らないよ！」

「……そう？」

とはいえ、三匹の眼は潤んでいる。無理しているのは一目瞭然だった。

しかし、帰らぬと言い張られてしまえば、引き返すわけにもいかない。そのうえできるだけ早く、己が用事も片付けてしまいたかった。

ひとまず三匹に炭酸水も与え、メモ帳へ視線を落とした湊が瞬いた。

「書いたばっかりの字が消えてる……」

まっさらになっていた。

「湊の力、全部吸っちゃった」

テヘッとウツギが悪童めいて笑う。セリとトリカも素知らぬ顔をしているあたり、三匹の共謀によるものらしい。

湊は苦笑し、メモ帳を仕舞った。

「まぁ、いいけど」

「おかげで気分がスッキリしたよ！　ありがと～」

「どういたしまして。――ところで、人ってそんなに臭うの……？」

眷属たちはそろって頷《うなず》き、異口同音に言い切った。

「たいていの者は、臭《くさ》い。鼻が曲がりそうな腐臭がする」

「そ、そうなんだ……。もしかして、俺も？」

首を左右へ振った三匹は、またも声をあわせた。

「湊は、しない。無臭」

「――無臭……」

臭《くさ》いと言われるよりはるかにマシだが、人ではないようではないか。

複雑そうな顔をした湊が膝を起こし、テンたちも地を踏みしめた。

再び、人の群れに突撃である。


もと来た順路をたどり、大通りに入った。セリを先頭に湊が続き、その左右にトリカとウツギがいる。

しばらく人の合間を縫って進軍していると、ウツギが呻《うめ》いた。

「くちゃい……」

「やっぱりダメか」

「いいえ、いけます！」

後ろを一顧だにせずセリが勇ましく吠《ほ》えた。が、やや毛が逆立っている。

「これぐらいなら、まだまだ……！」

と、語気荒く告げたトリカだったが、横を掠《かす》めた人の靴から大げさに飛び退《しさ》った。

「なにもそんなに無理しなくても……」

三匹の歩調に合わせてのろのろ歩く湊は困りきっている。

「我らは人に慣れなければならないんです」

セリが静かに告げるや、トリカとウツギも続く。

「だな。うちの山に、臭《くさ》い輩《やから》が大挙して押し寄せてくるようになるかもしれないんだからな」

「そうだよ。その時になってさっきみたいになったら困るの我らだからね！」

この時初めて、湊は眷属たちの真意を知った。

彼らの無謀ともいえる挑戦の原因は、山に人がくるべく仕向けようとする湊だった。

衝撃を受けて、湊の足が止まった。

「――山に人が入ってくるようになるのは……嫌？」

しばしの間があった。

セリも歩みを止め、棒立ちになった湊を見やる。ひどく静謐《せいひつ》な気配をまとっていた。

「どうしても嫌なわけではありません。我らは人を嫌悪しておりませんので。ろくでもない者ばかりではないと知識では知っていますから。――ただ拭いきれない不安を感じてはいますが……」

達観した面持ちのトリカがつぶやく。

「人がくるようになったら、きっと山は変わるだろう。変わらざるをえないだろうな……」

「我らは、いまの居心地のよさだけはなくしたくない。それだけだよ」

ウツギが力強く述べた。

気合いを入れ直した三匹が人のそばスレスレを駆け、湊もつられて足を動かす。

長身と三つの白い影が人波に紛れていく上空で、すずめの一団が羽ばたいていった。

もともと北部の商店街は小規模である。

アーケードを過ぎて脇道に入るや、閑散としてきた。早足だった眷属たちの歩みも落ちついてきた頃、目的の場所に着いた。

味気ない箱型の建物——日向工務店。その隣に古式ゆかしい日本家屋が建っている。以前、ここを通りかかった際、そこの庭で巣箱をつくる親方を見かけた。

低い板垣を前に湊一行は立ち止まる。見栄えよく整えられた庭木に、いくつもの巣箱が設置されていた。

「すごい巣箱の数が増えてる……」

間近の巣箱から小鳥が顔を出した。黒いネクタイめいた模様の入ったシジュウカラが小首をかしげる。この仕草は人間の目にはかわいらしく映るが、警戒心の表れだと言われている。この町の鳥たちには知られた湊ではあるが、このシジュウカラは湊を初めて見たのかもしれない。

日当たりのいい庭を占領する小鳥たちが元気にさえずった。もっとも密集している場所には、餌台がある。

彼らはまるで、ここで飼われているようだ。

その様子を見た眷属たちが、穏やかな顔つきになった。

二本足で立つセリが傍らの湊を見上げる。

「鳥たちが言うには、ここはとても居心地がよいらしいですよ」

「そうみたいだね」

よく見ると、水場――蹲《つくばい》まで追加されていた。

親方は鳳凰から祝福を授かり、うっすら鳳凰の気配をまとっているため、鳥に好かれるようになっている。

おそらく自らのもとに集まってくる彼らがかわいくてしょうがないのだろう。厳《いか》ついご面相に似合わず心優しいらしい。

そのおかげもあり、鳳凰が祝福を与えたのかもしれない。

鳥類の長は、職人なら誰でも救うわけでもないのだから。


「おーい、チュンちゃんども、朝メシは足りたかー？」

家の横手から、丁寧なんだが荒いんだかわからぬ問いかけを発しながら、厳つい壮年の男性が現れた。

頭に手ぬぐいを巻いた、作業着の親方ご本人である。

板垣の外側に突っ立つ湊に気づくや、慌てふためいた。

「なっ、と、鳥遣いのにーちゃん、いたのか！　ち、違うぞ、俺は、チュ、チュンちゃんとはいってねぇ！　そう、あれだ、あれ。スズメ！　スズメって呼んだからな！」

瞬間的に顔を赤らめ、口角泡を飛ばした。気恥ずかしいらしい。

「――はい、スズメでしたね。おはようございます」

湊は、弥勒菩薩《みろくぼさつ》のごときアルカイックスマイルを浮かべ、相手にあわせた。

眷属たちも似た表情で微笑《ほほえ》む。その三つの尾の状態は変わらない。そこは悪臭を放つらしき人間と相対したら逆立つゆえ、親方は腐臭がしない人物だと知れた。


素知らぬ顔で通常仕様に戻った親方に、湊は訪問目的を伝えた。

最後まで話を聞くと、親方は顎をさすった。

「残念ながら俺んとこじゃ、かずら橋絡みは請け負えねぇし、職人の知り合いもいねぇわ」

「――そうですか」

「んが、たぶん伝手を持ってるだろう知り合いがいる。その人を紹介してやろうか？」

「ぜひお願いします！」

「おう。ただその人、電話やメールが嫌いでよ。直接会いに行ったほうがいいだろうな」

「どちらにお住まいですか？」

「泳州町《えいしゅうちょう》だ」

「どのあたりですかね……？」

「隣町だぞ。南部の隣にあるんだがな……。ちょっと待ってろよ」

胸ポケットから手帳を取り出し、親方は迷いのない手つきで地図を描いていく。

アナログ人間《同類》に、湊は親近感が湧いた。いまのご時世、住所や電話番号さえわかれば、スマホが導いてくれる。だがやはり手描きは味わい深くよきものだ。

慣れた手つきで記される地図は、随所に目立つ目印——絵が入ってわかりやすい。さすがに建築業に携わる者のせいか、非常に達者だった。

湊が感嘆する中、ものの数分で描き上がった。

「まぁ、いろいろ描いたが、あっちもここら同様開けた平地だ。とにかく海方面へ向かって、最初にある川が方丈町と泳州町の境目になる。そこまでいけば、これが目に入るだろ」

トンとペン先で示されたのは、クジラの絵だ。

「でっけえクジラのモニュメントだ。そこを過ぎてしばらくいきゃあ、出羽《でわ》建設会社がある。そこの受付で『出羽前社長』を訪ねてきたって伝えりゃ、居場所を教えてくれるだろ」

「ありがとうございます」

破り取られた紙片を受け取ると、ついでのように名刺も渡された。裏面に親方のメッセージも添えられている。

「なにか言われた時は、俺の名刺見せとけ」

「重ねがさねありがとうございます」

○

親方の言う通り、クジラのモニュメントは到底無視できない巨大さを誇って、湊と眷属たちを待ち構えていた。他に目立った建物はなく、誰がなんのために設置したのか想像もつかないが、目立つことだけは確かだった。

通りからやや奥まった位置にあるそれの影に包まれ、見上げる湊一行は口が開きっぱなしだ。

彼らの視界には、畝《うね》のある白い腹部しか入っていない。

「なにこれ……」

ウツギが呆《ほう》けた声でつぶやいた。

「これは、シロナガスクジラだよ」

海の生き物に少しばかり詳しい湊が教えた。

〝湊〟という名は、海にまつわる名だ。命名したのは、海釣りが趣味だった亡き祖父であり、そのおかげもあって、湊も幼少の頃から海には思い入れがある。

「これって作り物だから大きいの？　それとも実際こんなに大きいの？」

「実物と変わらないと思うよ。この種のクジラは世界最大の海の生物だからね」

「あの水たまりには、こんなのがうじゃうじゃいるってこと？」

「水たまり……。そうか、御山から見たら海はそう見えないこともないか」

確かに御山からは、泳州町の先に縁取るような海がうかがえる程度にすぎない。

「それはそうと、このあたりにはこのサイズのクジラはいないよ」

「へぇ、でもそのほうがいいよね。水たまりの中、窮屈そうだもん」

笑うウツギを見ながら、湊はしばし逡巡《しゅんじゅん》した。

彼らはその水が塩辛いうえ、波があって絶えず動いていることも知らないのだ。実物を目にしたこともないモノたちへの説明は難しい。

「——海は広くて深いから大丈夫だよ」

「そんなもんか」

トリカをはじめ、他二匹もあまり想像がついていないようだった。

湊は海の方角を見やった。

「ここから海までちょっと離れてるけど、用事を済ませたあとにいってみる？」

「いきたい、いきたい！　見てみたい！」

背中を曲げたウツギがピョンピョン跳び、頭を左右へ振った。興奮した時に行うダンスである。

「いいですね」

「だな」

躍りはしないセリとトリカだが、その声は弾んでいる。眷属たちが外の世界に興味を示すことは極めて珍しい。是が非でも連れていこうと湊が思っていると、

「きっとウツギは飛び込むでしょうね……」

いまだ軽快に躍る末っ子を眺めるセリがポツリと告げた。

○

クジラのモニュメントに別れを告げ、しばらくうろつくと目当ての出羽建設会社を見つけた。道が入り組んだ場所にあったものの、比較的あっさりたどり着き、あまつさえ受付に尋ねるまでもなく、目的の人物——前社長に出くわした。

かなり前に隠居した身らしいが、本日はたまたま会社に赴いていたという。

湊と眷属たちは、前社長——出羽翁《おう》に建設会社の応接室へ通され、ソファで待っていた。

そこに社員に電話を一本かけさせた出羽が戻りしな、

「職人たちが確保できたよ」

と、にこやかに告げた。いずれも経験のある熟練の者らしい。

「向こうもやる気みたいでね。なにぶんかずら橋は全国的にも珍しいから仕事も少ないんだよ。それで腕を鈍らせたくないのと後継者も育てたいのとで、ぜひ請け負いたいと先方が言っていたよ」

「本当ですか！」

喜色を浮かべた湊が身を乗り出す。

「ああ、ちょうどかずらもあるようだ。架け替えになっても十分足りるだろうとのことだったよ」

数トンもの量を必要とするが、現代ではその数をそろえるのも難しくなってきている。

にもかかわらず、すぐさま調達できるという。

それを聞いて安堵した湊の下方、ソファに身を伏せる眷属たちが目配せした。彼らにしてみれば、当然の帰結にすぎない。なにせ湊が絡むのだから。

言うまでもなく、何もかもトントン拍子に事が運ぶのは、湊に与えられた四霊の加護による恩恵だ。

両肩と背中にある四つの足跡——淡く灯《とも》った加護の印を持つ湊が、深々と頭を下げた。

「本当にありがとうございます」

「いいよ、いいよ。こっちもありがたいからね」

出羽は愛想よく笑い、湊の対面のソファに腰掛ける。

「——それは、ともかく……」

その手に持っていた菓子盆をテーブルに置いた。中には、みっしりと焼き菓子が詰まっている。

「小腹が空いているんじゃないかい。この中の好きな物をお食べになるといい。——白い方々もね」

眷属たち一匹一匹を見ながら告げた。

紛れもなく姿を隠した彼らを認識できている。

実は応接室に通された時、ウツギがテーブルに置かれていた飴《あめ》に釘《くぎ》づけになっていた。出羽は素知らぬ顔して、いったん退出したものの、しっかり見ていたらしい。

「——我らもこのお菓子、食べていいの？」

身を起こしたウツギの眼は煌めいている。

「もちろんだよ。さぁ、お好きなだけどうぞ」

ついっと好々爺《こうこうや》は菓子盆をウツギへ向けた。

その振る舞いは神の眷属に対する固さはなく、孫を相手にするような気負いのなさだ。礼を告げたウツギがクッキーを選び取り、お次はその横のトリカとセリへ。

「すまない」

「ありがとうございます」

「どういたしまして」

ほのぼのとした交流を湊は黙って見守っていた。

眷属たちがじかに人と接する機会は、あまりない。貴重な場面だった。

それにしても、この三匹は本当に、あの自由奔放な山神の分霊なのだろうかと不思議でしょうがない。

ともに出かけたら、あちこちへ自由に動き回る山神とあまりに違いすぎる。ただ彼らが遠慮しているだけかもしれないが、手がかからず大いに助かってはいる。

そんな眷属たちは、小花の幻影を振りまきながらクッキーを頬張っている。その様子を微笑ましげに眺めていた出羽だったが、ふいに湊を見た。

「ところで、橋梁《きょうりょう》工事は、かなりの金額がかかるけど――用意できるのかい？」

気遣わしげだ。それもそうだろう。神の眷属を連れているとはいえ、湊はただの若者にしか見えまい。童顔でもある。

そんな個人が飛び込みで大がかりな橋の修繕を依頼しにきたのなら、真っ先に懐の心配をされるのは道理であろう。

「費用はどれくらいかかるものなんでしょうか」

湊が切り出すと、出羽は考えるまでもなく答えた。

「一千万は軽く超えるだろうね。架け替えになったら二千万はかかるかもしれない」

一応覚悟はしていたが、やはり大金だった。

いずれにせよ、いますぐ満額払えはしない。

「――必ずお支払いします」

膝の上に乗る両の拳に力が入った。

――いいだろう。きっちり耳をそろえて用意してみせようではないか。

湊の闘志に火がついた瞬間だった。

○

短時間で予定が済んでしまった湊と眷属たちは、出羽建設会社をあとにした。

巨大なクジラのモニュメントを背に、一人と三匹は車道沿いをのんびりゆく。

両側に点在するコンビニエンスストアやチェーン店も方丈町とさほど変わらず、取り立てて目を引く物もない。隣町ならそんなものだろう。

ざっと周囲を流し見た湊は、前と左右を歩む眷属たちのみに気を取られている。

跳ねるようなその足運びに不安はない。時折人とすれ違う程度なら体調が悪くなることもないらしい。

と思っていたら、行く手から二人の男女が歩いてきて、三本の尾がぶわっと膨らんだ。湊ともども素早く避けて終わった。

「体調は問題ない？」

湊が通行人のいない隙を狙ってセリに尋ねた。

「はい。いまの者らもなかなかの悪臭でしたが、問題ありません。やはり慣れですね。多少眼は痛みますが、吐きそうになることはもうありません」

他二匹も幾度も首を縦に振って同意する。

「そっか。よかったけど、これればっかりはね……」

どうしようもない。彼らが慣れるしかなかろう。臭《にお》う人間だという理由で排除するわけにもいかない。

「じゃあ、海にいこうか」

「うん！　いこう！」

ウツギが勇んで答えたその時、二車線を越えた向かいの歩道で、嫗《おうな》が買い物袋を落とした。中の果実が派手にぶちまけられ、四方へ転がっていく。腰の曲がった嫗は、屈《かが》むのも一苦労のようで集めるのに難儀するだろう。

湊がとっさに駆けつけようとするも、ひっきりなしに車が行き交い、車道を渡れない。

その時、嫗の後方や店舗の前にいた若い男たちが動いた。またたく間に散らばった果実を拾い集め、買い物袋へ入れると媼へ手渡す。皆一様に声を発することもなく、さっさと去っていった。

寡黙な紳士たちによる鮮やかな無言劇だった。

「よかった……」

安堵する湊の足元で、三匹たちはただ一部始終を眺めていた。

「――ああいう人間たちもいるんですね」

目をしばたたかせたセリが、静かな声でつぶやいた。


バス停を目指し、歩みを再開した湊一行が横断歩道に近づいていく。一時停止線の手前で停まったままでいる車を見て、湊は怪訝そうな表情を浮かべた。

信号は青だ。なぜ一台も発進しないのだろう。

案の定、後方の車がクラクションを鳴らしはじめた。騒音の中、湊たちが横断歩道の手前に達した時、理由が知れた。

しましまの道路をカルガモの親子が渡っていた。河原が近いとはいえ、大胆な御一家である。その小さき彼らを挟んで、二人の警官も歩んでいる。

そして彼らが無事に横断歩道を渡りきると、車たちはようやく動き出した。

「気をつけて帰るんだよ～」

交通誘導棒を振る二人の警官に見送られ、列をなしたカルガモ親子は先端がオレンジ色のクチバシを右へ左へ向けて、されど振り返ることはなく、脇道へ入っていった。

「のどかで何より」

歩き出した湊の感想を聞くや、

「だね～」

ウツギは笑いながら後方宙返りをした。

同時、みんなの背後から不自然な風が強めに吹いた。

お馴染みの風の精だ。小鬼たちが眷属それぞれの背中に乗り、湊の背中にも複数まとわりつく。

「湊、『送るよ～』と風の子たちが言っていますよ」

毎度のセリからの伝達に、強風に片足を浮かせながらも湊はハキハキと応えた。

「いいえ、結構！　謹んでお断りする！　風は強めなくていいよ！」

「え～、なんで～？　ばびゅーんって遠くまで飛ばしてくれるんでしょ？　おもしろそうなのにぃ～」

「ウツギは飛ばされなくても、自分で跳べるじゃないか。はいはい、ありがと風さんたち。――またいつかね」

不満げにポコポコ体当たりしてくる風の精たちをいなし、湊はしかと街道を踏みしめ、ようやく見えてきたバス停へ向かう。

あと少しでバス停に着くというところで、反対側の歩道の向こうに威風堂々と構えた鳥居があった。そこを貫く参道の両脇には店舗が建ち並び、多くの人でにぎわっていて、その奥に小さな社殿がある。

セリのみがその神社方面を見やった。

鳥居の脇――梅の木の陰に隠れていた黒い影が、びくりとその輪郭をゆらした。

人型の悪霊だ。セリの鋭い眼光に震え上がって空へ逃げ出し、社殿の屋根を足場にして飛び越えていく。

その黒影を最後まで見送ることなく、セリは前を向いた。

「やはり、ろくでもないモノはどこにでもいますね……」

嘆息しつつ、先をゆく一人と二匹に追いつくべく、駆けていった。

○

海といわれて、湊が真っ先に思い浮かべるのは、切り立つ崖に波しぶきが散る景観である。

が、いま求めているのはそういう荒海ではない。

眷属たちが初めて見るに相応《ふさわ》しい海なら、やはりみんな大好き海水浴場であろう。

どこまでも続く穏やかな青い海。目にもまばゆい白い砂浜。それらが鮮やかなコントラストを生み出す景色が、湊とテン三匹の前に広がっている。彼らが佇む車道脇からほどなくして砂浜に変わって海へと続き、波間にぽっかり浮かぶ小島も望める。まさに理想的な光景である。

たとえ海の左右に砂の流出を防ぐ仕切りの岩が設けられ、車道沿いにヤシの木が植栽された、いかにもな人工ビーチだったとしても。

まだ海開きも行われていないためか、眼前には人っ子一人おらず、波紋だけが刻まれた砂地に寄せては返す白波がよく見えた。

「これが海なんですね……」

「ずっと水が動いてる」

セリとウツギは潮風にヒゲをゆらしながら、感嘆の声をあげた。

二匹に挟まれたトリカだけが、鼻筋にシワを寄せている。

「すごい匂いだな」

「海だからね。ここはそこまで磯臭《いそくさ》くもないけど、鼻が利くトリカにはキツいか」

湊が気遣わしげにいうと、トリカは匂いを払うように首を振った。

「いや、大丈夫だ。初めて嗅ぐ匂いだから戸惑っただけだ」

「自然の匂いだもん、気にならないよ。それより湊、もっと近くにいこうよ！」

待ちきれないとばかりにウツギが催促してきた。

うずうずと足踏みする様を見ながら湊は口角を上げる。

「ぜひとも砂浜の走りにくさを体験するといいよ」

「えー？　ただの砂だよね？」

「走りにくいんだな、これが。じゃあ、いこうか」

号令をかけた瞬間、ウツギのみが跳んだ。虹めいた弧を描いて砂地に着地し、四足で駆け出して派手に砂を蹴散らして転ぶ。

「んぎゃっ！」

瞬間的に起き上がって砂を蹴るも、後方へジェット噴射並みの砂を吹き上げ、また転がった。

「ホントだ、足が沈んでいく。走れなーい、もー！」

どったんばったん。茶色い砂煙を立てて転がり回る己が兄弟をセリとトリカは冷静に観察していた。

「砂浜とは恐ろしい足場なんですね」

「だな。予想外にもほどがある。ウツギを先にいかせて正解だった」

「ひどい。それにしても、まさかここまでとは。ウツギの動きが疾《はや》すぎるからじゃないかな」

落ちつけと異口同音に発し、そろって足を踏み出した。


ウツギの足跡をたどってサクサクと鳴る砂の音と、沈み込む靴の感触を楽しみつつ、湊は波打ち際に寄っていく。その左右を歩むセリとトリカは、最初のうちはおっかなびっくりだったが、ある程度進めばすぐに慣れたようだ。

その間、ウツギは波とたわむれている。波が引けば追いかけ、押し寄せてくれば全力で引き返して。

さざなみから逃げながら口周りについた塩水を舐《な》め取り、ぺぺっと吐き出した。

「この水、すっごくしょっぱい、っていうか辛《から》い!? よくわかんないけど舌が痛い！　まずい！」

「害はないよ、大量に飲まなければね。ウツギたちの体は俺とは違うからよくわからないけど」

そう告げた湊が、濡《ぬ》れて色の変わった砂の手前で止まる。その横で同じく立ち止まったセリが訳知り顔で語った。

「我らの身は普通の動物とも異なりますからね。浴びるほど海水を飲んでも問題ないでしょう。たとえ毒物を口にしても死にませんから」

「それは、みんなの名前の由来が毒草なのに関係してる？」

湊が好奇心から尋ねると、ふふっと妖しげな含み笑いだけが返された。

その声にウツギの甲高い声が被《かぶ》さる。

「わー！　塩水が体にかかったー！」

波にいいように洗われていた。

「あーあ、白い体が茶色になっちゃってるよ」

眷属たちが川で悠々と泳ぐのを知ってるため、とりわけ不安はない。とはいえ――。

「ウツギ、波にさらわれないようにね」

注意したそばから、またたく間に沖へ流されていった。その頭部が波間に没してしまい、顔色を変えた湊が一歩踏み出す。しかし鎮座したセリとトリカは動じない。

「大丈夫ですよ、湊。ウツギは泳ぎも巧みですから」

「いま海の底を目指して泳いでる真っ最中だから、放っておけ。気が済んだら戻ってくるだろう」

「そっか」

眷属たちは五感を共有できる。ウツギから送られてくる視覚情報をみているらしい二匹は、半眼になっていた。

「ある程度沖へいくと、砂地は終わるようですね」

「ここの砂は、人が重機で運んでるからね」

セリに湊が答えていると、トリカが不可解そうに顔をしかめた。

「海底を黒くて細い生き物がいっぱい這《は》っているな。なんだこれは？　大きめな芋虫のようだが、海の虫か？」

「ナマコじゃないかな。歯ごたえがあって結構美味《おい》しいよ」

セリとトリカが目をむいた。

「こんな見た目のモノを食すのですか!?」

「勇気あるな！」

二匹に体ごと引かれ、湊は頬を掻《か》いた。

「――なんかごめん。人類、悪食なんで」

最初に食べた者は偉大である。

ともあれ眷属たちは、方法は違えど海を満喫しているようだ。セリとトリカにはあまり子どもじみたところがないため、あえて海へ入らないのかとは促さなかった。

佇んだ湊は波打つ海面を眺めた。正面から吹きつけてくる生ぬるい潮風を肌で受け、どこかで鳴く海鳥の声を聴く。

全身で海を感じるのは、ずいぶん久方ぶりになる。

祖父が存命時、ともにしばしば海釣りへ出かけたものだ。

けれども、明日海へ行こうと約束して就寝した祖父が、そのまま永遠の眠りについて以来、自然と海を避けるようになった。

「こんなに海のそばに寄ったのは、十年以上ぶりかな」

海が嫌いになったわけではない。遠くに見える釣りに適した堤防、海面を走る漁船。祖父を想起されるそれらを見ても、心が痛むことはなかった。

ただ懐かしく、楽しかった思い出ばかりがよみがえった。

祖父は釣りを好んでいたが、下手の横好きで決してうまくはなかった。ゆえに釣り糸を垂らしていた姿よりも、岩場の潮溜《しおだ》まりにいた魚を素手でとる姿や、モリで突いたウツボを天に高々と掲げる姿ばかりが思い出された。

「じいちゃん……」

思えば、ずいぶんアクティブな御仁だった。

それはさておき今となっては、応龍から加護を与えられて鱗《うろこ》を持つ動物に慕われるようになり、もう魚釣りはできそうにない。

苦笑していれば、海面にウツギの白い頭部が浮き上がってきた。

何度か深呼吸をしてから、こちらへ向かって声を張った。

「海ってだんだん深くなるんだね！　奥はもっと深そうだし、これならデッカイ魚がうじゃうじゃいても窮屈じゃなさそうだね〜」

百聞は一見にしかずである。身をもって知ったらしい。

ウツギが縦横無尽に泳ぎ回り、トビウオさながらに海上へ跳び上がり、また潜ってはしゃいでいる。

「川より泳ぎやすいかも！」

「塩水は体が浮くからね」

「へぇ〜」

と感心する三つの声があがった。

「俺は、川より海のほうが疲れないような気がするんだよね」

楽しげなウツギを見ていると、つい海に入りたくなったがまだ冷たいだろう。

「俺が入ったら凍えそうだ」

「人の身は弱くて脆《もろ》いですからね。無茶はいけません。気をつけるべきです。それに今、ウツギを刺そうとした半透明な生き物がいました。危険です」

短い指を立てたセリに止められた。

「――はい、やめておきます。ウツギは大丈夫？」

「ああ、泳いでかわしたぞ」

トリカからの情報に安心して己が服を見下ろす。

「それに水着もないしね。セリたちの毛並み、たまに羨ましくなるよ」

「そうだろう。服いらずだぞ」

トリカに自慢げに言われ、湊は車道側をかえりみた。

「いちおうここ海水浴場だから、洗い場もあるみたいだけど――。ん？」

ヤシの木の間に白い銅像があった。車道に立っている時は気づかなかったが、結構な大きさだ。

巨人といっても差し支えない胡坐《あぐら》をかいたその姿は――。

「えびす様、いや、えべっさんだ」

そう呼べとえびす神に言われている。


いつぞや楠木邸の竜宮門からひょっこり現れたえびす神。その時以来会っていないが、その御身を忘れるはずもない。

海の方角を見て座す銅像は想像で作ったのだろうが、かのえびす神とよく似ていた。

狩衣《かりぎぬ》に烏帽子《えぼし》と釣り竿《ざお》。そして、膝上に鯛《たい》。えびす顔と称されるふくふくしい笑い顔のその銅像を目にして、えびす神だと察せられない日本人はほとんどいないだろう。

それだけ日本の地に浸透している海の神である。

その銅像の横に、木造の建物があった。

おそらく休憩所であろうそれは、船の形をしている。一枚の帆を張った船だ。

「あの建物、七福神が乗っていそうな船だね」

「七福神……。ああ、正月にお馴染みのおめでたい七神ですね」

セリも知っているようだ。


宝船に乗った七福神は、縁起物の代表格である。

それぞれバラエティーに富んだ霊妙なる力を兼ね備えており、えびす神はそのメンバーの一員で、なおかつ唯一日本の神だと言われている。

実際、えびす神が楠木邸で呑んでいる時、他の神々について話していた。

『他の神さんたちはワシとノリが違うんよなぁ。いや、決して嫌いやないんよ。誤解せんといてな。やないと永いことつるんどらんし』

と少しばかり愚痴めいたことをこぼし、さらには――。

『いうて、やっぱり日本の神のそばはええね。落ちつく。実家に帰ってきたみたいな安心感があるわ。実家なんて持ったこともないし、知らんけどな』

と山神の横で底知れぬ笑顔で、ビールジョッキを呷《あお》っていた。ちなみに麒麟とよく似た絵柄が入ったビールだった。

『ワシの絵柄が入ったビールはないん？』

とやや残念そうにされたけれども。

えべっさんにはすまんかったと思い、こっそりご所望のビールを準備している湊だった。

湊とセリ、トリカが銅像を眺めていると、砂浜に下りてくる若い男がいた。肩につく髪を無造作に掻き上げ、こちらへ向かってきた。

そろそろ引き上げ時だろう。眷属たちは姿を隠していても足跡は残る。不自然なその現象を見られるわけにはいかない。

湊は首だけで海を見やる。

ちょうど陸へ上がってきたウツギが身を震わせ、水気を飛ばしている。それだけで元のサラサラヘアーに戻り、跳ねる足取りで湊たちの元へ近づいてきた。

「すごい楽しかった！　海面白いね。山にはいない生き物がいっぱいいたよ～」

「そっか、それはよかった。人が来たから、帰ろうか。みんな俺の体に乗って」

足跡対策である。促すように手を差し伸べるも、眷属たちはいつものように飛び乗ってこなかった。

様子がおかしい。そろって後ろ足で立ち、車道側をじっと見つめている。

「おーい、見てくれよ。ネズミ拾ったぞ！」

喜色のこもったその声につられ、湊もそちらを見た。砂浜で立ち止まった長髪の男に駆け寄る短髪の男がいた。その手にネズミをぶら下げて。つまんだ尻尾の先で、逆さまになった小さな体が振り子のようにゆれている。

「あれは……」

セリが言いかけて、ただならぬ気配を感じた湊もそのネズミを注視した。ちーちーと甲高い声をあげてもがいているその身は白い。純白といっていい混じりっけのない白。そうセリたちと同じだ。

集中すると、うっすら金粉をふりまいているのが見えた。

「あのネズミ、神様の眷属だよね!?」

「そのようですね」

セリが頷いたあと、トリカが鋭い声を発した。

「あれは、ちょっとまずいぞ」

「なにが――」

湊が問いかけた時、長髪のほうが声を荒らげた。

「お前、そんなもん拾ってくんなよ!」

「や、なんか。とろくさいヤツでさ。あっさり捕獲できちゃったんだよね～」

笑いながら短髪の男はネズミを目線まで掲げる。顔のそばにきたその白き小動物から長髪の男は大げさに顔を背け、距離を取った。

「オレ、動物嫌いなんだよ。どうすんだよ、そいつ」

「んー、どうしよっかな。――あ、そうだ！　さっき猫がいたからそいつにやろう。小さいけど腹の足しにはなるよな」

ネズミがひときわ高く鳴いた。悲壮なその絶叫に湊が足を踏み出す。男たちは向きあってこちらには注意を払っていない。それをいいことに眷属たちも湊のあとに続く。

「すみません、その子、うちの子なんです」

湊が告げるや、男たちはともにこちらへ顔を向けた。

「なに、あんた。ネズミなんか飼ってんの？」

「――はい。海を見せてあげたいと思って、つれてきたら逃げちゃったんです」

咄嗟《とっさ》についた嘘《うそ》だった。けれども、できるだけ憐《あわ》れみを誘う声と表情もつくってみた。

「探していたので、助かりました。捕まえてくださってありがとうございます」

さらに言い募り、両手を差し出した。

「へぇ、そう。じゃあ――」

短髪の男がネズミを湊へ差し向けた時、

「ほんとかよ……。籠とか容《い》れ物《もの》とかなんも持ってないみてぇだけど」

と長髪の男がそっぽを向きながら言った。ネズミに興味はなくとも不審な点は見過ごせなかったらしい。

「え、なに？　嘘なの？」

短髪の男がネズミを湊から遠ざけた。

その時、突風が吹いた。三人の男に襲いかかり、髪と衣服が音を立ててはためく。

「うわっ、なんだよ急に！」

「いてぇ！　砂が目に入ったっ」

男たちが舞い散る砂塵《さじん》を避けようと手や腕で顔面を庇《かば》った。

そんな中、湊だけは動じない。その髪をゆるやかに波打たせ、真顔で立っていた。やわらかな風の繭に守られ、その身には一粒の砂すらかからず、腕は伸ばされたままだ。

「お願いします。そのネズミをこちらに渡してください」

静かなる威圧を感じた男二人の喉が上下し、半歩後ずさった。

あいにくと湊は何もしていない。

男たちの視界には映っていないが、湊を中心に数多《あまた》の風の精が舞い踊っている。皆一様に不機嫌そうな顔つきで、中には歯をむいて威嚇しているモノもいる。そのうえ湊の左右と背後にいるテン三匹が黒眼《くろめ》を光らせ、その全身から神威《かむい》を男たち目掛けて放っていた。

三匹分は、山神がくしゃみ一つした時と同等の神圧を誇る。

恐れをなした短髪の男の手がゆるみ、ネズミが砂地に落ちた。

「おいで」

湊が静かに告げた瞬間に風がやみ、跳ね起きたネズミが駆け寄ってくる。

膝を折った湊の器と化した両手へ白いネズミが飛び込んだ。

それを見届けた男二人が顔を見合わせ、長髪が車道へ顎をしゃくった。

「おい、もう帰ろうぜ」

「――そうだな」

「ありがとうございました」

立ち上がった湊がネズミを抱え、男たちの背中へ礼を述べた。

遠ざかる二つの足音を聞きながら、湊は手のひらへ視線を落とす。まだ幼体のネズミだった。その身は片手で覆ってしまえるサイズしかない。一心に湊を見上げていた。

「ちー！　ちー！」

「えーと……？　人の言葉は話せないのかな」

湊が接してきた神の眷属は、たいがい流暢《りゅうちょう》に人語を話せていたため、戸惑った。これでは詳細が訊けないではないか。どちら様にまつわるモノか、どこから来たのか。皆目見当もつかない。

「湊、その子はまだ話せないようです」

「だな。幼すぎるからだろう」

セリとトリカの声がして、見れば下方でテンたちが首を伸ばしていた。湊がもう一度屈むと、三匹が群がってその手を取り囲み、上から覗《のぞ》き込んだ。

「チィーーーーッ！」

脳に突き刺さる叫び声がネズミの喉からほとばしり、テンたちが両耳を押さえて離れる。あらわになった湊の親指にネズミがしがみついていた。

手の中から逃げはしないが一向に泣きやまず、震えている。

セリたちの表情が曇った。

「そんなに怯《おび》えなくても……。我ら、取って食いやしませんけど」

「だな。こうまで怖がられたら、複雑だ。我らは動物を狩って食わないし、まして神の眷属を喰らうこともないぞ」

「そうだよ。だいたいなんでこんなに怯えるの？　我らが自分と同じ眷属ってわかるよね？　こちらフツーのテンじゃないんだからね！」

ウツギはたいそう納得がいかないらしく、太い尾で砂を散らしている。ネズミの怯えようは、本来の野生動物の関係性を示しているようだ。

「セリならこの子と話せるよね」

いつも頼れるセリを期待を込めて見やるも、首を左右へ振られた。

「ダメです。拒否されます」

「他の神様の眷属だから？」

「いいえ、それは関係ありません。この子が幼すぎるのです」

「さっきトリカもそう言ってたね」

湊にしてみれば不思議だ。同じ眷属たる立場のセリたちは生まれてまもなく楠木邸に山神が連れてきた時、すでに成体だった。

言葉も動作も不自然なところは何一つなく、人や動物ではありえないから、これが神の眷属なのかといたく感嘆したものだ。

それに比べてネズミは、どうだ。本当にただの動物の幼体にしか見えず、よほど集中しなければ、神の眷属とさえわからない。手に伝わってくる感触も頼りなく、あっさり握りつぶせてしまえそうで怖くなる。

「大丈夫だよ、セリたちはテンの姿をしてるけど、キミを食べたりしないよ」

穏やかな声で伝えると同時に、テン三匹がさらに距離を開けた。ようやく震えが収まったネズミは小さく鳴いたあと、身を伏せて動かなくなってしまった。こちらの言葉はいちおう理解はできるようだがこれでは埒が明かない。

テン三匹が顔を見合わせる。

「まぁ、湊を恐れないのでヨシとしましょう」

「だな。逃げ出さないだけマシだろう。世間知らずのようだが、加護がたくさんついてる湊なら警戒しないみたいだな」

セリに続いて、トリカもさらりと告げた。

「呼んだ時、来てくれるかわからなかったからよかったよ」

湊が苦笑する中、ウツギだけはむくれて砂を引《ひ》っ掻いている。

「湊、その子はおそらく神から記憶や知識を与えられていない個体です」

セリに教えられ、湊は指先でネズミの背中をなでつつ、訊いた。

「そんな眷属もいるの？」

「はい。眷属をどういう状態で生み出すか、神によって違いますから」

「だな。むしろそのネズミのほうが一般的だといえる。中には、本物の動物や人と同等のまっさらな赤子を生む神もいるからな。我らのように、最初から不自由なく生きていけるようにつくられるほうが珍しいんだ」

トリカが補足してくれた。

「そうなんだ？　あ、わかった。山神さんが自分で面倒を見なくていいようにするためか」

三匹が深々と頷く。

「その通りです」

「よくわかっているな、湊」

「伊達《だて》にそばにいないよね。あの面倒くさがりな山神が、甲斐甲斐《かいがい》しく子育てめいたことするはずないよ〜」

セリが湊の両手を見上げる。

「とくに我らは山神の初めての眷属でしたから、任せられる先達がいなかったというのもあります。眷属はたいがい上が下の相手をしますので」

「人の兄弟みたいだね」

「そうですね。――ともかく、その子のように自らさまざまなことを学ぶようにさせるほうが断然多い。神はその成長過程を楽しむのです」

「なるほど」

「と、知識では知っています」

「あれ？　ウツギは知らないんだよね？」

「――うん、知らなかった」

不満げに砂をつつくウツギをトリカが見やる。

「我らに与えられた知識らは平等じゃないんだ。山神の過去の膨大な記憶を全部詰め込まれてもいないし、それぞれに半端に振り分けられた知識もある」

「それはあえてなのか、それとも適当だったからなのか」

湊がつぶやくと三匹が遠い目になったところからすると、山神の雑さに起因するようだ。

「それはそうと、この子どうしようかな……」

湊が困りきった声を出した時、またも風が吹いた。

今度は海からだ。今し方と異なり、荒々しさはない。ゆるやかな風の中に風の精の感情——喜びが含まれていると、湊は肌で感じた。

そして、片側の耳上の髪が跳ねる。

「クル！」

「クルよ、クル！」

相次いで風の精が、耳元で教えてくれた。彼らは人語が得意ではないため、ほとんど片言の単語しか話さない。

何がくるのかわからないが、弾んだ声調からもいいモノだろう。

湊とテン三匹が、海に向き直った。

遠き沖——海の上に金色の光が見えた。一直線に陸に向かってくる。尖《とが》る魚の背ビレが海面を切って走り、見る間に近づいてきて、波間から一匹の大魚が躍り上がった。

飛び散る水滴。煌めくそのしぶきを凌ぐ桜色の魚体。

御大層な鯛だった。それを目にした湊の頬がほころんだ。

「えべっさんのとこの子だ」

ともに温泉に浸《つ》かった仲である。見間違えるはずもない。

加えて、湊は悟った。白いネズミの眷属といえば、思い浮かぶ有名な神がいる。

そして、その神と仲がよいらしいえびす神の眷属がやってきたのならば、間違いなかろう。

湊は両手を掲げ、ネズミと目線をあわせた。

「キミ、大黒《だいこく》様の眷属？」

七福神の一柱、大黒天。その眷属たるネズミが勢いよく身を起こし、

「ちち！」

とうれしそうに鳴き、軽く飛び跳ねた。


波打ち際まで泳いできた鯛は、そこに垂直に立った。シュールな絵面だと思いつつ、湊は波が当たらない位置で声をかけた。

「久しぶり、元気だった？」

鯛は口を開閉し、横ビレと背ビレを広げた。

そう、この鯛も人語を話さない。しかし、四霊のように己が部位を駆使してこちらに応えてくれる。そのうえ、あえて聞かずとも、力強い泳ぎと背後からの波に微動だにしない佇まい、陽光を弾

く魚体がとっても元気だと物語っていた。

鯛が湊の両手を見た。

「その子を迎えに来たそうです」

傍らに立つセリが通訳してくれた。

「そっか。――よかったね、おうちに帰れるよ」

ネズミに話しかけると、喜ぶかと思いきや、手の中でじっとしている。どこかバツが悪そうに見えた。

鯛が顔をセリへ向けた。

「昨日、大黒天の眷属たちだけでここを訪れたらしいのですが、その時、勇んで駆け出したその子だけがはぐれてしまったそうです」

「あー……」

「なにぶん現世が初めてだったようで……」

「まぁ、うん、しょうがないよね。物珍しかったろうし、若いならなおさらに」

「ちちち!」

眼を煌めかせたネズミが手をカリカリと引っ掻いてくるが、心情はわからなかった。

「湊、えびす神の使いが申しております。保護してもらって大変助かったと。それとつれて帰るから、こちらにネズミを渡してほしいと」

セリに促されて見れば、鯛は大口を開けて待ち構えていた。

「――そこへ入れろと？」

思わず湊は両手を己に引き寄せていた。いちおう鯛の体が摩訶不思議なのは知っている。その口にえびす神が手を突っ込み、焼き立てのたい焼きを出してくれたし、えびす神がその口にじゃばじゃばとビールを注いだら、空中で舞い躍っていたのも見ている。

「湊、大丈夫ですよ。かの眷属は、体内に自室《神域》を持っていますから」

「――わかった」

セリに諭され、ネズミと視線をあわせた。

「じゃあ、またね」

「ち！」

「あんまり大黒様と他の眷属たちに心配をかけないように」

「ち～」

ネズミがそっぽを向いた。案外気が強いのかもしれない。


それから、ネズミを体内に収めた鯛はくるりと身を翻し、浅瀬を体をくねらせて泳いでいく。海中に達したあと、見えなくなったと思ったら、高く跳んで海上に躍り出た。

再び潜っていくのを湊とテン三匹が見納めた。

「あ、あの子がどこから来たのかを訊いてみればよかったな」

湊が言うと、トリカがなんでもないように答えた。

「大黒天御一行が竜宮城に遊びに来たついでに陸地にも上がるか、というノリでこの砂浜を訪れたらしいぞ」

「——ということは、この近くに竜宮城があるってこと？」

そうだ、山神も告げていたではないか。楠木邸の竜宮門からつながる竜宮城は隣町にあると。

トリカを見やると、セリとウツギと一緒になって両眼をしならせ、ニンマリと笑った。

第3章 陰陽師と退魔師の因縁

方丈町と泳州町の境目近辺。遠くにかすむ御山方面へ顔を向ける巨大なクジラのモニュメントは、表層がひび割れ、ずいぶん色あせている。

晴れた空を見つめるその眼球も白茶けていた。

そのクジラの尾がさす河川敷《かせんじき》で、二人の陰陽師が悪霊祓いの任に励んでいた。

体格のよい由良《ゆら》と痩軀《そうく》の男——新人だ。橋の下で身構えるその彼らの前に、大量の悪霊がはびこっている。

まだ明確な形をとれぬ弱い悪霊たちは黒い粘液状をしており、地面から橋脚、橋の裏側の広範囲に及んでいた。

上部から糸を引いて垂れ下がり、至る所でボコボコと丸い形で沸き立つ様は地獄温泉のよう。

その光景を、由良は嫌悪の表情もあらわに見据えた。

「ここまで弱い悪霊が増えたのは、久しぶりですね」

いいざま、地面から飛んできた大きな塊を呪符を飛ばして祓った。

「そうですね。——うっとうしさしかない」

後方から進み出た新人が形代《かたしろ》を放った。宙で人型に変化し、地面に這う悪霊の絨毯をその爪で掻くように消していく。

が、数メートルも進めば、その姿はおぼろにかすみ、荒波と化した悪霊に呑み込まれた。たったそれだけしか祓えず、姿を消してしまった。

まだ横と上にも腐るほどいるというのに。


式神の強さは、術者の能力に比例するものだ。

とはいえ、新人の能力が取り立てて劣っているわけでもない。平均的だといえる。

残念ながら現代の陰陽師は、強いとは言いがたい。陰陽師の数が多く活躍していた平安の頃に比べたら、その能力は半分以下となっている。


由良と新人は淡々と式神と呪符を用い、悪霊を祓っていく。

晴れた天気に似つかわしくない、黒々としたモノたちが半分程度になった頃、ふいに橋脚の液体がさざめくように波打った。即座、橋の上へ這って逃げかける。

「逃がすかよ！」

それを目掛け、呪符を手にした新人が馳《は》せ寄った。

「待て、いくなっ」

血相を変えた由良が手を伸ばす。おぞましい気配が彼方から近づいてくるのを察知していたからだ。

だが、やや遅かった。

突如、空から飛来した人型の悪霊が新人を弾《はじ》き飛《と》ばし、橋脚に張り付いた。四《よ》つん這《ば》いになったその姿は、ヤモリのようだ。

それは、地面に伏した新人を一顧だにせず、はびこる悪霊だけを見ている。そして両手で粘液をかき集め、喰らいはじめた。その様子は醜悪極まりない。

悪霊は自らの力を上げるため、好んで悪霊を食す。まさに弱肉強食の世界で、勝ったほうの形態となる。

もとより人の形をした悪霊だったが、その輪郭は曖昧《あいまい》としていて特徴のない影法師めいていた。それが一帯の悪霊を喰らううちに、髪が伸び、衣服に似たモノまでまとった。

力をつけて自ら形態を変化させたのだ。

おかげで、より生者に近づいた様相になった。

由良は新人を己の後ろへ隠し、奥歯を噛みしめた。

腹部を押さえて呻く新人は、すぐに復帰できそうにない。

人型の悪霊は、小賢《こざか》しい。おおむね生前の記憶を有し、知恵が回るから厄介だ。中には人に取り憑き、その身体を乗っ取るモノもいる。

そんなタチの悪い悪霊を、むざむざ逃がすわけにはいかない。

由良が呪符を投げた。それを悪霊を喰らい終えた人型は、跳んで避けた。地面へ降り立ち、からかうように由良たちの周囲を跳ね飛び、大口を開けた。

濃霧紛《まが》いの瘴気《しょうき》を吐き出し、煙《けむ》に巻《ま》く。それを手で払う由良を後目《しりめ》に、軽業師もかくやの身軽さで橋脚を駆け上がり、橋の上へ逃げた。

しかし、そこに到達した悪霊の目が見開かれる。

濁ったそのまなこが最期に映したのは、胸の前で印を結び、己を見据える黒衣の男だった。

「播磨さん……」

上空で爆散する悪霊を目にした由良は、深く息をついた。


「まことに申し訳ありませんでした」

播磨が橋の下へ向かうと、折り目正しく深々と頭を下げた由良に出迎えられた。その後方に、居心地の悪そうな新人が立っている。

衣服の汚れ具合から彼が足を引っ張ったのだろうと播磨は察した。

「由良、頭を上げろ」

伝えたあと、新人を見やる。

「――俺、いえ、すべて私のせいです。ご迷惑をおかけしました……」

消え入りそうな声で告げられ、頭も下げられた。

彼は現在、四家しか残っていない陰陽道宗家の者になる。


陰陽道宗家絡みの者たちは、異様に血筋と陰陽道へのこだわりが強い。

陰陽寮《おんようりょう》に所属する者で陰陽道の術が薄い、あるいは異なる術――道教《どうきょう》・修験道《しゅげんどう》・密教《みっきょう》などを主として遣う家系の者たちを邪道呼ばわりし、陰陽師とは認めない頭の固い連中が多い。

つまり密教色の強い播磨家とも折り合いが悪い。

四家の一家である一条《いちじょう》家がその筆頭だ。その家の次期当主たる晴士郎《せいしろう》と同じ立場であるこの新人は、仕事には一切私情を挟まない。そこだけは好感が持てるところだった。

「ああ。今回の失敗を反省して、次に活《い》かせばいい」

いくらでも機会はあるだろう、まだ命があるのだから。

その言葉を播磨は呑み込んだ。

平安の頃とは違い、生者を喰らう妖怪が姿を消して久しい現代では、任務中に命を落とすことなどほぼない。

妖怪退治はあまりなく、もっぱら悪霊祓いを行っている。

橋の下を丹念に見渡した播磨が視線を戻すと、にへっと由良が笑う。

「悪霊は、もう完全にいませんよ」

「――そのようだな。体調は問題ないか？」

「はい、まったく……。と言いたいところですが、まだ鳥肌が収まりません」

胴震いした由良は、二の腕をさすった。

実は彼、補佐の立場の者であり、術者ではない。


陰陽寮には、陰陽師を補佐する役割の者たちがいる。彼らは霊力を持たず、ただ悪霊が認識できるのみで、祓うことはできない。

彼らの任は各地を巡回して悪霊を発見次第、術者へ連絡することだ。それを受けた術者が悪霊が強くなる前に出向き、その芽を摘み取っている。

そんな彼らの存在はほとんどの国民には知られていない。科学が発達した今、常人には認識できない悪霊相手だからこそ、慎重に行動していた。


ともかく、由良は悪霊が認識できるものの、神との親和性のほうが高いゆえ、悪霊のそばに長居すると具合が悪くなる体質だ。しかしながら、根が勇敢で無茶しがちである。

今回彼は、別件で遅れた播磨を待ちきれなかった新人に伴うかたちでここに赴いていた。

事を急いだ新人の表情は今なお沈んでいる。こたびの任の悪霊はただの有象無象の集まりでしかないと高を括《くく》っていたのだろう。

陰陽師は、二人一組で行動することを義務付けられている。

いちおう由良も陰陽師枠であるから、違反ではないため電話で許可したものの、新人はまだ経験が浅く先走る傾向がある。早計だったかもしれない。

播磨はあえて新人に何も言わず、由良に話しかけた。

「あともう一つの現場は、この近くだったか？」

「あ、はい、すぐ近くです。ご案内します」

気負いなく由良は、先に立った。

彼らは一つ違いで、学生の頃から先輩後輩の間柄であり、なおかつ近々義兄弟になる。

由良は、播磨の妹の婚約者でもあった。


由良の言葉通り、確かに次の現場はすぐそこだった。

けれども、そこは町の境界近くにある住宅地の中の一軒家だ。

川を境にして方丈町と泳州町は分かれており、悪霊が巣食う場所は泳州町側になる。

播磨たちは、二階建ての家を見上げた。それなりの年月雨風に耐えてきたのであろう、やや古びた外観。その窓という窓の隙間からうっすら瘴気が漏れ出している。

この家に悪霊がいるのは紛れもないが、ここは空き家ではない。

播磨が煤《すす》けた表札を見て視線を由良へ移すと、眉をハの字に下げられた。

「申し訳ありません。見て見ぬふりができなかったんです……」

人の善《よ》さがにじみ出たその佇まいを見てしまえば、播磨も強くいえない。

「わからないでもないが……。しかしここはな……」

「泳州町側ですからね……。手を出すと面倒なことになりそうですかね？」

新人に訊かれ、播磨はとっさに返事ができず、再び家を見上げた。

立ち上る瘴気は薄い。おそらく家人が取り憑かれているのだろう。

「できるだけ早く済ませるなら……いやでもな……」

迷う播磨の横で、由良がポンと手を打つ。

「家人をおびき出して、さくっと始末するのはどうでしょう？」

「まるで悪事を働くような言い草だな。誰もいないからいいものを……。誤解されかねない言い方をするんじゃない」

「申し訳ありません」

由良は肩をすぼめ、ゴツい身体を小さくした。

「インターフォンを押して、憑かれた本人が出てくればいいんですけどね。物は試しでやってみましょうか？」

新人がインターフォンを指さした。

「おいおい、陰陽師さんらよ。なんでここにいやがるんですかね」

突然、背後からかかったダミ声に、陰陽師たちは振り返る。

大柄な男が僧衣めいた衣の裾をひらめかせ、歩み寄ってくるところだった。

退魔師だ。退魔師たちは基本的に、僧を彷彿とさせる格好をしている。さりとて頭を丸めても、袈裟《けさ》も身につけてもいないため、本職と見分けはつきやすい。

その一人であるこの四十絡みで糸目の狡猾《こうかつ》そうな顔つきの男とは、少し前に葛木との仕事中にも出くわしたことがある。

方丈町付近に任務でくるたびに会うな、と頭の片隅で思う播磨だが無表情である。

その播磨の真向かいに立った退魔師——安庄《あんしょう》は、下から睨み上げた。

「ここらは、アンタらが出張ってきたらダメな場所でしょうがっ」

「——そうでしたね」

ここまで近づいてこられたら、無視もできなかった。

安庄がいうことなぞ実にくだらないとは思うも、慣習だから従わないわけにもいかない。

これが、眼前の家の悪霊を祓うことをためらっていた理由だった。


昔から地域に根ざした退魔師がいる場合、陰陽師はその町で悪霊祓いができない。

それは不文律とはいえ、陰陽師——国家側も民間の術者が悪霊を祓ってくれるなら否やはなく、暗黙の了解となっている。

今では陰陽師と同様に退魔師も減り、格段にそういう町は少なくなったが、この泳州町は術者の家系がいくらか残る町である。

なお退魔師たちは、個人からの依頼で悪霊祓いなどを請け負っており、陰陽師が彼らが牛耳る町に入ると必ずどこからともなく現れ、追い払っている。

「ここらは、退魔師《私ら》の陣地ですよ。ほらほら陰陽師の者らは、自分らの巣へお帰り！」

安庄は〝陰陽師〟という単語だけ、一段と声を張り上げて、虫でも払うように手を振った。


陰陽師たちは、すごすごと引き下がるしかなかった。

安庄がインターフォンで話す大声を背中で聞きつつ、角を曲がる寸前、播磨が件《くだん》の家屋を見やる。かすかに開いた玄関扉から濃い瘴気が漂い出るのが見えた。むろん気づいているであろう僧衣の男の後ろ姿は、即座に行動を起こすことはなかった。

「あの家の方は、確実に祓ってもらえるんでしょうか……」

由良も心配げに見ていた。

肩を並べる播磨はもう後ろを気にすることもなく、行く手を向いた。

「おそらくな。俺たちには険悪な態度を取る退魔師たちだが、仕事に関してはプロだろう。この地に住まう者ならなおさらだ。いい加減な仕事をしていたら、商売上がったりだろうからな」

ろくに効果のない呪符を売りつけたり、悪霊に取り憑かれているとうそぶいて祓うフリをするだけだったり。そんなあこぎな商売をしているのは、流れの退魔師が多い。

「それにしても、いまだに彼らは、陰陽師と名乗れないことを根に持っているんだな」

「そのようですね。言い方がずいぶん刺々《とげとげ》しくて閉口しました」

播磨に答える由良は一般家庭育ちで理解しがたいらしく、呆れ気味だ。

一方、目を伏せる新人の表情は硬かった。

「――わからないでもないです。たぶん俺が向こう側だったら、同じ気持ちになると思います」

陰陽道宗家の者としての言葉だろう。

退魔師も陰陽道に基づいた術を行使する者が大半なため、かつては陰陽師と名乗っていた。

しかし、もともと〝陰陽師〟とは、陰陽寮の役職名の一つを表す名称だった。

いつしか陰陽道の術者をさす職業名となったが、江戸の頃、陰陽道宗家が権力に物をいわせ、陰陽寮に属する者のみの称号とし、民間の術者たちは名乗れなくなった経緯がある。

ゆえに、彼らは退魔師と称しているのだが、いまだ彼らの中でわだかまりが残っており、事あるごとに陰陽師を目の敵にしている。


ポツリと落ちた雨粒が路上に点を打った。

にわかにその数が増す中、播磨が空を見上げる。いつの間にか、垂れ込めていた雨雲が幅を利かせていた。

けれども遠くの御山を避けるようで、その一帯は青空だ。しばしば赴く楠木邸のあたりは濡れてはいまい。

あそこはいつでも春の陽気に満ちている。つい先日訪れた際もそうだったと播磨は頭の片隅で思った。

「播磨さん、急ぎましょう」

「――ああ」

由良に促され、早足になった二人を追って、播磨も足を速めた。

第4章　神の庭に彩りを

限りなく降る銀の雨が、御山に斜線を描いている。

その一滴たりとも落ちてこない楠木邸の庭で、一人の人物が動き回っていた。

むろん、管理人の務めに勤《いそ》しむ湊である。

庭の風景のごとき四霊たちはそろって出かけており、いまいるのは縁側を陣取る山神のみである。

神霊――エゾモモンガは、石灯籠にこもりっぱなしだ。湊がそばを通ろうと物音一つしない。だが、そのガラス窓は明るく透けていて、時折、動く様子がうっすら見えた。

依然積極的に出てくる気配はないが、外界を気にしているのは丸わかりだった。

朝方、ガラス窓の手前に一本のバナナを置いてみたが、残念ながら手つかずで残っている。お気に召さなかったようだ。

ならば、他の果実にしてみよう。さくらんぼはどうであろうか。

真っ赤に熟れた果肉は、やや固めで歯ごたえがある。そのうえ、酸味が少なく甘みが強いのだと味見した湊は知っている。

こちらはいかがでしょうかと、窓の手前に置いてみた。

声は出さずしばし見守るも、火袋の中は沈黙している。まったく惹《ひ》かれないようだ。

では、あんずはどうであろうか。

こちらは、酸味が強く甘さは控えめ。みかんを好むのなら、案外気に入るのではなかろうかと買ってみた。

さくらんぼと入れ替え、ころりと橙色《だいだいいろ》の果実を置いた。少し距離を取って見守るも、うんともすんとも反応はない。

夏みかんの時とは大違いだ。

「やっぱりみかんがいいんだ……」

それがわかっただけでも収穫だろう。こうまであからさまだといっそ清々《すがすが》しい。わかりやすくてありがたくはあった。


さて、神霊のご機嫌伺いのあとは、日課の水まきである。

いつも絶妙なタイミングで滝壺から水を放ってくれる応龍は不在のため、山神が手伝ってくれる。

のほほんと座布団に伏せた大狼の尾が、しなやかに振れた。滝壺へ落下するはずだった神水の一部が庭の中心へ、生き物めいて長く尾を引きながら飛んだ。

それを待ち受けるのは、湊だ。

「山神さん、ありがとう」

水の塊を風で受け止めつつ巻き上げ、クスノキと庭木へかけていく。上空に絶えず降る雨のごとく、庭木たちはその恩恵を受けることができる。

彼らもクスノキ同様、普通の雨や水道水を好まず、神水しか受けつけない贅沢《ぜいたく》ものだ。

湊の足元にちょこんと生えたクスノキは、すでにたっぷり神水を浴びてしっとり濡れている。

柔軟性にますます磨きがかかり、樹冠を前後左右へ振る様は、軟体動物のようだ。しばしばメキメキと生木が裂けるような音がして気が気でないが、クスノキは平然としている。

問題ないよ、とでも言いたげに、すべての葉を曲げて四方へ水滴を飛ばした。

「――うむ」

だいぶ間を置き、山神が湊に答えた。大あくびを連発中である。

応龍の代役をこなし、水まきを手伝う山神は寝起きだ。梃子《てこ》でも動かない風情で縁側を占領していたため、まだそこの清掃は終わっていない。


水まきをさくさく終わらせた湊は、邸内へ戻った。再び縁側に現れたその手には、掃除機がある。

「はいはい、すみませんね。失礼しますよ」

そこをおのきなされ、と遠慮なく大狼をどかす。掃除機のヘッドがたどり着く前、身を起こした大狼はリビングへ入り込んだ。くるりと反転して、前足で座布団を引き寄せた。

普段、極力家の中には入らない山神でも、掃除の時はリビングへ避難する。

新たにフローリングに敷いた座布団をポフポフ叩《たた》いて均《なら》した。うずっと両の前足が動く。

爪を立てて掘りたい。

そんな衝動が沸き上がってくるも、素知らぬ顔で抑えた。もし本能のままに行動してしまったら、生地が破けて中の綿が飛び出して大惨事になる。

山神は、室内をくまなく見渡した。床には、物はおろか埃《ほこり》一つすら存在せず、光り輝いている。部屋の片隅でご飯《電気》をむさぼり喰うロボット掃除機と湊のおかげだ。

そのうえ、座布団をダメにしたくなかった。なんといっても自ら選んだお気に入りである。綿がヘタりつつあっても、それもまたよき。

整えた寝床に乗った大狼は、くるくる回って位置を決め、「どっこらせ」とおもむろに座るや、深々と息をついた。

掃除機の音が響く中、ダイニングテーブルに置かれたノートパソコンが浮き上がる。

犯人はむろん大狼だ。ちょいちょいと手招くそこへ、音もなく滑空していった。

山神の眼前の床に落ちついたノートパソコンが獣の手でひょいと開かれ、起動スイッチが押される。山神は座布団にペタリと伏せ、後ろ足まで伸ばした姿勢でキーボードを巧みに打ちはじめた。

一連の仕草は流れるようだ。手慣れすぎているのは、それなりの頻度で扱い、情報収集しているからである。

「――ぬぅ」

意図せず声が漏れた。全開になったその金眼に飛び込んでいくのは、和菓子ばかり。毎回、真っ先に調べるのは、方丈町に店を構える和菓子屋の新作だ。

そのため、ブックマークは和菓子屋関連で埋め尽くされているが、本来の持ち主たる湊が文句を言った試しはない。

山神はカチカチとマウスを操作し、お気に入り店のホームページを巡回し終えると、浅く息をついた。

「まだ新作は出ておらぬか――」

「しょうがないんじゃないかな。つい三日ぐらい前に調べたばかりでしょう」

掃除機のスイッチを切り、湊が告げた。

「ぬぅ、ならば致し方なし」

「頻繁に新作を出す和菓子屋さんのほうが稀《まれ》だと思うよ。まだ月も変わってないしね」

「そうさな」

「いやでも、方丈町の和菓子屋さんは、よく新作出すよね。――それが普通なのかな。いままで特に注目したことなかったから、俺が知らないだけかもしれないけど」

「否、このあたりの店は、頻度が高かろうよ」

「やっぱりそうなんだ……」

掃除機からモップへ獲物を交換した湊が、思いつきを口にする。

「まさか、山神さんのためとか？」

返事はなく、これみよがしに尾だけ振られた。

お決まりのホームページめぐりを終えても、金眼は一瞬たりとも画面から逸《そ》らされることはない。

不思議に思った湊は、床をモップでなでながら室内へ視線を投げる。だらけきった姿勢の山神は、画面にかじりついたままだ。

いまの位置から画面はうかがい知れない。

いったい何に興味を惹かれているのか。ただ大手通販サイトの和菓子ランキングを漁《あさ》っているのか。

思考する間もモップの動きは止まらず、床一面が光沢を帯びてきた。

「よし、床磨き終わり。綺麗になった」

「左様か。ならば、これを見るがよい」

顔を上げた湊へ、画面が向けられた。

そこには、緑豊かな日本庭園が映っている。池と石橋を備えており、さしてここの庭と変わらないように見えた。

一つだけ違いを挙げるとすれば、地面が起伏に富んでいるところであろうか。ともあれ、劇的な差はない。

「はぁ、素敵なお庭だね」

湊の気の抜けた声を聞くや、

「それだけか……」

大狼は不満げに尾で床を叩いた。

「そりゃあ、だって――」

湊は、背後の美しき庭を紹介するかのごとく手で示した。

「ことあんまり変わらないからね」

むぅ、と山神が鼻梁に渓谷を刻む。

「いいや、違う。ここには山がなかろうよ」

顔を斜め上へ向けた湊は、雨でけぶる御山を眺めた。威風堂々たるその様相は、他ではそうそうお目にかかれまい。

「お隣に、たいそう立派な御山がそびえておりますけど」

「否、庭にぞ、この庭に！」

ムキになって吠えるその身も小山のごとし。

湊的には、いつでもどこを向いても、御山と山めいた大狼が視界に入るが、山神にとってはそうではない。

そして、山神が言わんとすることを察した。

「ああ、あれか。山に見立てた――築山《つきやま》だっけ。それがこの庭にはないってことか」

「左様」

我が意を得たりとばかりに、山神は大仰に頷いた。

とんと湊はモップを薙刀《なぎなた》よろしく横に立てた。勇ましきその立ち姿たるや、武蔵坊弁慶《むさしぼうべんけい》さながらである。

「偽物の山は、いらないと思う」

腰に手を当て、明瞭に、かつ真顔で言い放った。

半眼の山神と、視線のみで攻防を繰り広げる。

おそらく、いや十中八九、山神は庭の改装を目論んでいる。

けれどもそれを行うには、多大なる神力が消費される。前回、池を川へと変えた折、その身が縮むばかりか透けてしまい、そのまま存在が消えてしまうのではないかと、ひどく肝をつぶされたものだ。

ゆえに、大がかりな改装は言語道断である。

先日、湊がここの主《アルジ》だと、山神自ら宣《のたま》った。

——ならば、断じて許可は出せぬ。出さぬ！


一歩も譲らない湊の気配を感じ取ったであろう山神だが、めげずに画面を切り替えた。

今度はなぜか、山中を流れる渓流が映し出された。ちょろちょろとせせらぎの音も流れる。ついでに小鳥のさえずりも、獣が木々を移動中らしき枝葉がこすれる音も。

なんという効果的な背景音楽であろうか。ささくれた心をも一瞬にして慰めてくれること請け合いである。

案の定、耳をすました山神は、ずいぶん心地よさげな表情を浮かべている。

「この音ら、実によかろう」

「――そうだね」

だが悲しいかな、湊にはさしたる効果はなかった。同じ姿勢のまま、なおかつその顔も能面のようだ。山神が何を言おうとしているのか、予想もつかないからだ。

山神の眼《まなこ》が完全に開き、湊を見つめる。

「このせせらぎの音を常に聞きたくはないか？」

「いや、時々山神さんちで耳にしてるから、それだけで十分だよ」

「毎日聞いても、飽きるなぞありえぬであろうよ」

「そうかもだけど、俺は滝の音もいいと思う」

「うむ、せせらぎを足せばさらによき」

山神は引かない。パソコンの音量を上げて『ほれ、どうだ』と目顔で語る。紛れもなく、よき効果音だ。川の音然り、海の波の音然り。水音には抗《あらが》えない魅力があるのは否定できない。

「今度も川を変えたいってこと？」

「左様。浅くして、角度をつければよかろう」

「――それは、大々的な改装では？」

「そうでもない。多少、ただ地を下げればよいだけぞ」

「地面を盛り上げるのがダメなら、下げればいいみたいにしか聞こえない……」

座布団に伏せた山神が上目で見てくる。大変あざといが、湊は絆《ほだ》されない。

それに――。湊は落ちつきなく、モップを握り直した。

何より、かの竜宮門がむき出しになるではないか。

あれは、秘されるべき物だろう。堂々と白日の下に晒《さら》してよいわけがない。たとえここを出入りする他者の数が著しく少なかろうとも。

「大がかりな改装はダメだよ。川はこのままでお願いします」

すげなく突っぱねた湊は、モップを手に洗面所へ向かった。

テキパキと掃除道具を片付けてから川辺に屈み、手を洗っている。そのやりにくそうな姿勢をずっと眼で追っていた山神がフムと頷く。

「ならば、小規模な改装であればよいということであろう……」

その企《たくら》みは、離れた湊には聞こえなかった。


手を洗い終えて膝を起こした湊は、大きく伸びをする。

「あたっ」

腰のあたりからバキッと嫌な音がしたが、聞こえないフリをする。まだまだ若い身空《みそら》であるからして。

それから、手を拭きつつ振り返った直後、あんぐりと口を開けた。

縁側のそばに、立手《たちちょう》水鉢《ずばち》が出現していた。

今の今まで確実になかったそれは、神社に参拝する前に、手と口をすすいで清めるための手水舎《や》と同じ物だ。小ぶりなサイズながらも縦に長く、わざわざ屈む必要はない。

そこへ、細長い水を落とす筧《かけひ》は青竹で先端は尖っておらず、寸胴切りである。

これならビビることもなく、心穏やかにおててを洗えよう。

「なんで!?」

湊の素っ頓狂な声が木霊《こだま》する中、山神がその鉢にいそいそと花を浮かべている。頭部周囲に、にじむように現れる天竺牡丹《ダリア》たちを、一つずつ口で受け止め、ポトポトと落としていた。

ダリアの花手水を作成中だ。

いつぞや隣神の眷属たるツムギに『ここには花がない』と言われたのを気にしていたのかもしれない。

山神はちょいと前足で花の配置バランスを整えつつ、湊を横目で見やった。

「川は何一つ変えておらぬ。そのうえ大がかりな改装もしておらぬぞ」

「それは、ただの屁理屈《へりくつ》では?」

半目になった湊に向き直った山神が、真上から落ちてきた一輪を横咥《くわ》えすると、後光が差した。

神力の誇示である。電飾を凌ぐその御身は、縮むことも透けることもない。

まばゆさに目を細め、湊は小径《こみち》を渡って歩み寄っていく。

「あんまり力は遣ってないんだね」

「むろん。この程度、遣ったうちにも入らぬ」

湊がそこにたどり着くと同時、山神はやや離れ、左右へ場所を変えつつ、花の盛り具合をチェックしている。その表情は至って厳しく、職人の眼差《まなざ》しである。

ややあって頷き、尾を振った。

「うむ、これでよかろう」

「へぇ、綺麗だね。こういう風にするのもいいね」

湊はもちろん、花の名を知らない。

ともあれ水面をぎっしり覆うダリアは、白を基調とした淡い色で構成されている。控えめな色合いながらも、丸みを帯びて幾重にも重なる花弁は豪奢《ごうしゃ》だ。

そこへ、筧からとうとうと流れる水は実にキラキラしている。湊が指で水の筋に触れた。

「川の水より冷たい感じがする」

「やや温度を低くしてある」

「この水も、神水？」

「左様。これなら好きな時に飲めよう。ついでに筆や硯《すずり》もここで洗うがよい」

「ありがとう、助かります。――実は飲んでみたかったんだよね」

ウツギから人である湊が飲んでも、なんら問題はないと聞かされたが、いまいち川から掬《すく》って飲む気になれず、いまだその味を知らなかった。

湊が両の手を器にして、一口飲んだ。

「――うまい！　甘いのかと想像してたけど、全然そんなことないんだね。さっぱりしてるし、後味もすっきり」

「そうであろう、そうであろう。これなるは、霊験あらたかなる神の水ぞ」

「ありがてぇ〜」

両の手に満たした水をやや大げさに掲げ、それから喉を鳴らして飲み干した。

『む！　新たなる見世物か！』

忙《せわ》しない羽音が聞こえ、湊が面を上げると、川から鳳凰が飛んでくるところだった。

竜宮門から一羽《わ》のみでご帰宅のようだ。


鳳凰は本来、活動的である。麒麟と同じく世界を放浪するタイプだが、いまの自らの状態——突然寝落ちする——を理解しているため、楠木邸で大人しく静養している。

時折、四霊そろって出かけても、少しでも眠気を覚えたら即座に帰ってくる。


眠気をたたえた鳳凰は、やや危うげな飛行ながらも無事、湊の肩へ着地した。

「おかえり、鳥さん」

『うむ、いい気晴らしになったぞ。それにしても、これはまた変わり種だな——』

身を乗り出して花手水を見下ろす。その傍ら、山神が軽く胸を反らした。

『たまには、花もよかろう』

『確かにな。よい水飲み場でもある』

その感想を山神が湊へ伝えている最中、鳳凰の足のつかむ力が弱まった。すかさず湊は、自らの胸のあたりに手を持っていく。そこへころりと落ちてきたひよこを見事、受け止めた。

慣れたものだ。ともに外出した時の恒例行事となっている。

手中で横たわって眠る鳳凰は、なんとも無防備な姿だが、安心している証左であろう。

それを見ていた山神が半眼になった。

「素直に寝床へ向かえばいいものを――」

「鳥さんもなにげに新しい物が好きだから、手水鉢をそばで見たかったんだろうね」

含み笑いした湊は、なるべく鳳凰をゆらさないよう、慎重な足運びで石灯籠へ向かう。そっと火袋へ入れるその様子をもう一基のガラス窓越しに、エゾモモンガがじっと見ていた。

第5章 人と神と

それは、朝もやのかかる早朝に起きた出来事だった。

一人の翁が地蔵にお供えを持ってきたことからはじまる。

合掌した翁が目を開けたら、地蔵の背後にカカシが佇んでいた。

「な、な、なにッ!?」

狼狽《ろうばい》する翁をはるか高みから見下ろすカカシは物言わぬ。その白面に書かれたへのへのもへじも動かぬ。

ひたすら不気味でしかないそんなモノに突然出くわしたら、心の臓が縮み上がっても致し方あるまい。

「ひぃっ、お、お助けをーッ」

泡を食った翁がほうほうの体《てい》で逃げていく。あっという間に濃霧に紛れて、慌ただしい足音が遠ざかっていった。

「あの爺《じじい》、無事に家へたどり着けたらいいが……」

ポツリと落とされたカカシ――田神《たがみ》の声は、眼前を通り過ぎた大型車の排気音で消されてしまう。

「――ということがあったんだ」

「――それは……」

○

田んぼの際に突っ立つカカシから、昨日の話を聞かされた湊は言葉に詰まった。

楠木邸を出て、田を貫く細道に足を踏み入れた瞬間、突如として田神が現れ、相談事を持ちかけられたのだった。

細道に佇む湊の手には、酒瓶がある。

田神に献上しようとしていたところで、ナイスタイミングだったともいえる。

それにしても、まさか神域からその御身のまま出てくるとは思わなかった。予想外にもほどがある。

いまは、真昼間である。曇天であれど、水田や楠木邸も明瞭に見える。たとえ車道に通行人がいても、湊がカカシと相対しているだけにしか見えないのは、不幸中の幸いかもしれない。

「人に逃げられることはままある、というより、ほぼ毎回だ。なぜだろう？」

小首をかしげるカカシは真剣そのものだ。

ふざけているわけではない。田神は本気で理解できず、悩んでいる。その白面の文字は動かずとも、声と醸し出す雰囲気に生真面目さがにじんでいた。

ならば、こちらも相応な態度でお答えせねばなるまい。

決然と顔を上げた湊は、己が意見を明確に述べた。

「――田神さん、大変申し上げにくいのですが、誰だって突然カカシが現れたら驚きますよ」

「なぜ驚くんだ。この体は、人がワタシに捧げた物だというのに」

「そうでしょうけども」

「毎年奉納してくれるから、そのたび、そちら側に移ってるんだよ。わかりやすいように」

「妙に新しい衣服だなと思ったら、毎年体を変えてるんですね」

骨組み、野良着類、麦わら帽子。すべてが新品で汚れ一つない。

質のいいそれらは、地元民たちの田の神への感謝と崇敬の表れだろう。

なんにせよ、田神は人と交流を図りたがっている。

「やっぱり田神さんも、先触れを出すべきだと思います」

「ワタシの家の玄関を開く時に出るような音を？」

「そ、そうですね」

あれは、ない。

真逆なことを内心で思う湊は、目を泳がせつつ考える。

田神は人との交流を好むらしいが、どうにもズレている。おそらく人のほうがその外見を受け入れがたく、思うように意思の疎通が取れないのだろうが、こうして相談を持ちかけてくるのなら、改善する気はあるということだ。

湊に言えることは、一つだけである。

「田神さん、人は繊細なんです。できるだけ、心の準備をする時間を与えてあげてください」

「――わかった。やってみよう」

「応援しています。では、このお酒はお近づきの印ですので、どうぞ」

「ありがとう」

差し出した酒瓶は、その手の中から瞬時に消えてしまった。

「ワタシは酒も甘味もたいてい好むよ」

ちゃっかり伝えてくるあたり、さすが遠慮を知らぬ神の一柱だった。


――後日の逢魔《おうま》が時《とき》。真っ赤に染まる地蔵の場所を通りかかった湊は、目撃することになる。

「ギャ〜ッ、で、出たぁー！」

悲鳴をあげて逃走する地元民の姿を。

膨らんだ太陽に向かい、小太りな中年男性が死にものぐるいで駆けていく。湊はそれを、ただ見送るしかできなかった。

「ダメだったか……」

その背後、カカシがしょんぼりと佇んでいる。

「カエルたちに、先触れを頼んでみたんだが……」

とぼけた表情のカカシの足元にウシガエルが群がっている。グオー、グオー。牛並みの鳴き声を発していた。

心なしか、否、明らかに通常よりその声は野太い。鼓膜に衝撃がくるほどだ。

けれども湊は、表情を変えず耳を塞ぎもしない。ウシガエルくんたちは神から仰せつかった大役を果たすべく、張りきっているのだから。

カエルたちが跳ねる傍ら、田神と相対した湊は拳に力を込める。アドバイスは端的、かつ的確に。

「――たぶん、時間帯もよろしくなかったんじゃないでしょうか」

「そうか。では、次は昼にしよう」

意気込んだ成果が出ますように。湊は誰ともなく願った。

不気味かつ不器用な田神の望みが叶う日がくるのか否か。それは、いずれかの神もあずかり知らぬことだろう。

○

雨続きの日の隙を狙い、湊は曇天の中を買い出しへ出かけていた。

その帰途、重いバッグを肩に掛けた彼がゆく路傍は、まだ濡れている。時期と両脇の水田も相まって湿気は強烈で、ただ歩くだけでも汗がにじんでくる。

遠目に見える楠木邸へさっさと帰るべく、足を早めた時、行く手の小さな人影に気づいた。地蔵の所に一人の女性が佇んでいる。

裏島《うらしま》だ。

田の神の神域に迷い込んだ女性である。

先日、湊が救出したものの、その神域は現世と時間の経過が異なっていたため、彼女は四年後の未来へ戻ってくる羽目になった。

その後、家に送り届けて以来、会っていない。

今日までの間、彼女は四年という長い不在時に起こった現実と直面したことだろう。

打ちのめされてはいまいか。

危惧する湊が近づくと、裏島が振り向いた。とりわけ、表情に陰りは見られない。おっとりとした雰囲気のままだった。


花束を両脇に備えた地蔵の傍ら、湊と裏島が並んで立っている。二人の前を一台の車が通り過ぎていった。

話を聞いてほしいと裏島に乞われ、湊はとうとうと語るその声に耳を傾け、適度に相槌《あいづち》を打っている。

「――うちの田んぼはね、カカシさんのおかげで代々実り豊かなの」

周囲の水田を見渡し、彼女は続ける。

「うちだけじゃなくて、この一帯みんなそう。大きな被害にあったこともない。みんなカカシさんの恩恵にあずかっているの」

カカシさん——田の神にまつわる事柄は、物心がつく頃に親に教えられたという。むろん、近隣の子どもたちも同様で、誰しも田の神は存在していると信じているらしい。

裏島は、湊へ視線を戻した。

「——だから、田の神様を恨む気持ちはないの」

「そうですか……」

彼女の顔は笑みを形づくっている。けれども、わずかにブレた瞳が無理しているのを物語っていた。

しかし湊は、慰めの言葉はかけなかった。

もし己が彼女と同じ状況に陥った時、どれだけ言葉を尽くされたとしても心に響くまい。ともすれば、憤るかもしれない。経験したこともないあなたに、何がわかるのかと。

裏島は、ただ話したいだけだ。事情をすべて承知している湊は、ただ聞き役に徹すればいい。親しい友人どころか家族にさえ、心情を吐露できないであろうから。

「あそこに留まることを了承したのは、私だもの……」

裏島は、両指を組んだ手へ視線を落とした。

彼女は田神の神域に迷い込んだ時、出迎えた田神から話相手になってほしいと言われ、一も二もなく承諾したという。

むろん彼女は、そこの時間の流れが外界とは異なっていることを知るはずもなく、田神から説明もなかった。

その件に関しては、湊も憶測で語るわけにはいかない。

ただ思うに、田神は人間に興味はあっても、その心に寄り添う気はさらさらない。

なぜなら本当であれば、湊がほぼ元の時間軸に戻されたように、彼女のことも神域に迷い込んだ四年前へ戻すことは可能だったはずだからだ。

けれども、田神はそれをしていない。

湊も気づいている。自らが元の時間軸に戻ってこれたのは、山神が外界で睨みをきかせてくれていたおかげだということを。

田神は他の神と交流したがらないと山神がいっていた。ならば当然、山神と揉《も》めるのも避けるだろう。


「四年前に戻りたい、とはそんなに思わないんだけど……」

どこか遠くを見る目をした裏島の言葉は尻すぼみになっていった。湊が穏やかな声色で促す。

「けど？」

「ただ、戸惑ってるの。たった四年で、こんなに周りの人たちは変わってしまうんだなって」

それは外見のことなのか、内面のことなのか。さすがに訊けなかった。

裏島は本来、三十歳になる。もし、外見のことを言っているのなら、二十六歳の彼女と同級生たちとでは格段に差がついてしまっているに違いない。

そのうえ、年齢も年齢である。結婚なり離婚なり家族が増減したりなど、家庭環境が大きく変化した者も多かったろう。

「私だけ置いていかれちゃった気がするのよね……」

流れ落ちる髪を耳にかけ、ひどくさみしげな声色で告げた。

でもね、と続けた彼女は湊へ向き直る。その目と表情に暗さはない。

「親しかった人たち、みんな生きてるの。――生きているうちに、また会えた。たくさん話せたし、これからも会って話せる。だから問題なし！」

そういって、晴れやかに笑った。

もとより快活な性格なのだろう。そんな彼女に憂い顔は似合わない。明るい日の光のもとで笑っているのがよく似合う。

いまは、曇天だけれども。

わずかに口角を上げた湊の足元に、一つの雨粒が路面を叩いた。

裏島が雲に覆われた空を仰いだ。

「雨降ってきたね、帰らなきゃ。――ごめんね、長話に付き合わせちゃって」

「いいえ」

「えっと、楠木君、お家《うち》の管理人さんよね？　――学生さんじゃなくて？」

半信半疑な物言いと面持ちに、湊がしょっぱい顔つきになった。

「俺、成人してそれなりに経ってます」

「えっ、そうなの!?　私とあんまり変わらないってこと!?」

「そうですね。俺のほうが下ですけど」

湊は初対面の時からかなり歳下《としした》だと思われているなと察していた。好奇心から尋ねてみる。

「俺のこと、いくつぐらいだと思ってました？」

「てっきり、まだ十代後半かと……」

しばしの沈黙がその場に落ちた。

顔を見合わせてヘラリと笑いあった二人の頭上に、パラパラと雨が落ちた。


雨脚は、さほど強まらなかった。

小雨《こさめ》がぱらつく中、裏島が去った地蔵の場所に湊はまだいる。今日もまた、田神にお菓子を供えようと購入してきていた。

地蔵に正対した湊がその周囲の気配を探る。

だがしかしどれだけ集中しても、微塵も田神の神気を感じ取れなかった。

田神の神域へつながる不可視の門は、出現条件が曖昧だ。おそらく田神の気まぐれにより、場所も移動しているのだろう。

そう湊が考えていると、後方から駆ける人の足音が近づいてきた。かえりみると同時、その走者がすれ違っていく。一心不乱に前方のみを注視するその小太りな中年男性に、見覚えがあった。

こちらへまったく視線を向けようとしない意味も想像がつく。

「あー……」

湊は意図せず声が漏れた。その顔と気配からも男性への同情の気持ちがあふれていた。

つい先日のことだ。

ここで田神が、中年男性の度肝を抜いた瞬間に出くわしたのは。

ゆえに彼は、ここから一刻も早く遠ざかりたいのだろう。

人と交流を図りたい田神は、神域《己が住まい》からそれなりの頻度で出てきている。地蔵にお供物を持ってくる者を獲物《ターゲット》、否、交流相手に定め、積極的に接触を試みていた。

しかし残念ながら、湊や裏島のように驚きつつもあっさり受け入れ、普通に接してくれる人間のほうが稀だ。おおむね降って湧いたように出現するカカシにたまげて、遁走《とんそう》する事態となっている。


しばらく地蔵の所にいた湊だったが、田神と接触できないと悟り、離れていった。

てくてくと細道をゆく途中、水田からカエルがゲコゲコ、同じくそこを泳ぐ小魚がパチャパチャ。

周囲を飛び回る蜂がブウンブウンと羽音を立てた。

やけに、動物たちがにぎやかだ。

歩を進めるたび、その音の数は増えに増え、音量も上がりに上がっていく。楠木邸の細部まで見える位置に達した頃には、騒音レベルになっていた。

異常事態である。が、湊は動じない。

顔をしかめることも、耳を塞ぐこともない。やや目は眇《すが》めているけれども。

なぜなら、動物たちが気合いを入れて音を放つ原因がわかっているからだ。

むしろそれは、湊のせいだといってもいい。

グオーン。ひときわ高いウシガエルの声が一帯に響いた直後、湊は足を止めた。

田神のお出ましである。そう、動物たちの声は先触れだ。

田神は、アドバイスを忠実に実行していた。

湊は片側の田を見た。前回、カカシはそちら側に立っていたからだ。

「――ん?」

おらぬ。水田の表面が波打つこともない。反対側へ首をめぐらす。

ぬっと水田から麦わら帽子がせり上がってきた。その一本足の先端が水面へ出るや、動物たちの鳴き声は一斉にやんだ。

「やあ」

相対した田神は、飄々《ひょうひょう》と告げた。

その身は濡れてもいなければ、汚れてもいない。パリッと糊《のり》の利いた野良着をお召しである。白面にかぶった麦わら帽子のリボンが風にそよいでいる。

「こんにちは、田神さん」

湊はいつも通りの調子で声をかけた。

白面に書かれたへのへのもへじは動かず、表情からは何も推し量れない。声とその御身が放つ神気の状態から察しなければならない。

何かにつけて感情がダダ漏れな大狼《山神》とはわけが違う。平然とした風を装う湊であるが、全神経を駆使して田神の気配を探っている。

奇《く》しくもそれは、楠木邸に訪れた際の播磨と同様だった。

「ああ、数日ぶりだね。先触れは、キミには効果があるようだ」

田神の声は平坦《へいたん》だが、解《げ》せない気持ちも見え隠れしている。

「まぁ、提案したの俺ですからね。他の方にはどうでした？」

「たいがいの者は走って逃げていったよ」

「大して効果のない助言をして、申し訳ありません」

頭を下げれば、田神が頭部を左右へ降る。

「そんなことはない。逃げるまでに時間がかかるようになったからな」

「それは、人側にとって悪いような……」

田神が登場するまでに、じわじわと不可解な現象に頭を悩ませることになったのではないか。むしろ恐怖をあおる結果になったのではあるまいか。

両目を閉ざした湊は心の内で、被害にあった方々へ詫《わ》びを入れた。

「田神さんは、他の神様と交流されないんですか？」

「ああ、まったくしない。興味がないものでね」

「そうですか。——人には興味があるんですよね？」

「ああ、とても。人はおもしろい。形はさほど変わらなくとも、中身はずいぶん違うからな」

ふいに湊は心臓のあたりに強い圧迫感を覚えた。

田神に魂を見られているのだ。

神の気配を感じ取れるようになって気づいたが、神は気軽に人間の魂を探る。それが、あちらの常識なのかもしれないが、あまり気分のいいものではない。

まるで本性をのぞき見られているような気がするからだ。

「そこそこ力が回復してきているようだ。まだ完全にとはいかないようだが」

「そんなことまでわかるんですね……」

神様に隠し事はできないのだと、改めて思い知らされた。

「神から力を授かってそれなりに経つだろうに。まだ使いこなせないんだな」

なぜできないのか。言外にそう告げる田神はなかなか不躾《ぶしつけ》だ。

それなりの期間、人間を観察してきているわりに人間そのものを理解できていない。

生身の人間がある日突然神の力を与えられて、軽々と遣いこなせるはずがない。肉体のポテンシャルが違いすぎるからだ。

微妙な雰囲気をまとう湊に反して、田神の気配は至って落ちついてる。飛来したスズメがその水平に伸びた腕に止まった。そこから麦わら帽子へ飛び移られても田神は何もしない。

むしろ、スズメを脅かさないよう動かないようにしている。

優しい面もあるのだ。表には出にくいだけで。

「田神さんには、眷属はいないんですか？」

空気を変えるべく、湊は気になっていた事柄を尋ねた。

「ああ、持ったことがない。特に必要がないものでね」

素っ気ない言い方だった。

眷属はいわば、分身に近い存在だ。他の神に興味がないのなら、自らに対しても同様なのかもしれない。

とはいえ、山神も昔は似たような状態だったらしい。

眷属をつくってみたら、もっと早く眷属をつくるべきであったとつくづく思ったと、少し前、山神が寝言で熱く語っていた。

ついでに言えば、風神と雷神からの情報だが、山神は眷属ができてから、かなり気性が穏やかになったという。


ならば、田神も眷属――家族ができれば変わるのかもしれない。


そう思ったものの、無責任な発言は控えるべきだろう。責任を取れないうえ、山神が眷属をつくった時、ひどく消耗したのも知っている。

湊はバッグを漁り、菓子折りを取り出した。

「田神さん、こちらをどうぞ」

「ありがとう」

差し出した箱は、ふっとかき消えた。周囲はおろか遠くの車道にもひとけはなく、目撃者はカカシの頭上でさえずるスズメのみである。

田舎はこれだから助かる。

「それお菓子なんですけど、和菓子と洋菓子の詰め合わせにしてみました。どちらがお好みかわからなかったので」

「ワタシは、どちらも好むよ」

雰囲気がやわらかくなった。前回、日本酒を献上した時より、反応がいい。

田神さんも菓子類が好き、と湊は心のメモにしかと記した。

「もらってばかりではなんだからね。これをキミにあげよう」

ドドンッといきなり足元へ米俵一俵《こめだわらいちぴょう》が現れた。

「今年の新米だ。人は好きだろう」

確信を持った言い方だった。確かに間違ってはない、好き嫌いがほとんどない湊とて新米を好む。

が、米俵は最大の六十キロサイズ。でかい、重い。

気合いを入れて担いで帰らねばなるまいよ。

「——あ、ありがとうございます」

やや顔面が引きつったのは、致し方あるまい。

米俵を見下ろす湊を眺めるカカシが頭部をかしげると、その肩に止まったスズメたちが軽やかにさえずった。

第6章　御山、そこは魔境だった

久方ぶりの快晴の日である。

朝日をたっぷり浴びた御山の木々は、青々と色づいている。

理想的な山の風景が広がる中、突如、それに似つかわしくない異音が響いた。

枝から一斉に飛び立った小鳥たちが青空へ逃げていく。

もし彼らが振り返ったならば、見えただろう。登山道を覆う藪《やぶ》が片面だけ綺麗に刈られていくのを。

むろん、風遣いたる湊の仕業である。

登山道の真ん中に立つ彼の前方は、藪だらけだ。足の踏み場もないとはまさにこのこと、といった様相を呈していた。

「自然のたくましさ、恐るべし」

湊が人差し指を弾くと、風の刃《やいば》が放たれる。道の側面に沿って走り抜け、いとも容易《たやす》く藪を切断していった。

「植物たちみんな元気だからね〜。いいよいいよ、どんどんやっちゃって〜」

近場の木の枝に座ったウツギが弾んだ声でいった。

湊が折り重なった藪を刈り込む間、その上方でウツギがサル顔負けの速さで木から木へ飛び移り、行く手のほうへ登っていく。

風の刃が藪を抜け切るのを見計らい、ウツギは幹から跳んだ。まっすぐ道を横切り、反対側の木へ。その軌跡をなぞるように、空間に横一文字の切れ目が入る。

幹に張りついたウツギが両眼をつぶると、その切れ目の中心が上下へ開き、丸い穴が空いた。

山道の上に浮かぶ黒々としたそれは、まるでブラックホールのようだ。

いったいどこへつながっているのだろう。

湊が思っていると、

「湊～、いいよ～」

ウツギの脳天気な声が木霊した。

その穴へ刈り取った藪を入れ込めばいい。

ここまでの道行きも同様のことを行ってきて、湊の背後には、なだらかに下方へ延びる道のみがお目見えしている。

その果てに小さく見えるかずら橋には、手をつけていない。

橋は専門家に任せ、そこまでとそこからの登山道の整備は湊が担うことにした。

「ああ、うん。いくよ」

風で藪を押しやり、巻き上げ、穴へ放り込んでいく。

さほど時間も手間もかからず、登山道があらわになった。そこを歩きつつ、湊がしみじみいう。

「本当、風が遣えるって便利だよ」

穴を消したウツギは、道へ降り立つ。

「本当だよね。羨まし〜」

「空間に穴を空けるのもすごいよ」

そうでなければ、作業はここまで順調にいかなかったろう。本来なら数日がかりであろう作業時間がありえないほど短縮され、しかも藪の処理費用いらずで済んでいる。

ウツギがくるりと回った。

「えへへ〜、そう？」

「もちろん。大変、助かっております」

道の端まできたら、今度は積み重なった倒木が出迎えてくれた。それらを覆う苔《こけ》や藪はまるで布団のようだ。

彼らはここで、安らかに眠りについている。そんな感想を抱くも、心を無にした湊は風で容赦なく切りきざんでいった。


「だいぶ進んだね〜」

眼下の道を見ながらウツギが告げた。

「そうだね。祠《ほこら》まであとちょっとかな？」

「うん。その前に岩たちが待ってるけどね」

大量の岩が斜面に散らばっていた。大小さまざまで最大な物は湊の身長に届きそうだ。

湊が傍らのウツギを見やる。

「岩も穴に入れていいの？」

「いいけど、ちょっと大きいんだよね～。湊、風で斬って小さくしてよ」

「岩は斬ったことないから、できるかな」

「物は試しだよ。あ、神威はなしでね！」

「わかった。やってみるよ」

近場の手頃なサイズな岩を目がけ、縦一閃《いっせん》。あっさり二つに分かれた。

「——結構簡単だった」

湊はV字に開いた割れ目に見入る。

「斬り口もまずまず」

ウツギがそこをするりとなでた。

「綺麗に斬れてるよ。果実みたいだね～」

「そうだね」

答えつつ、湊はその周りの岩を順に、縦、横に割って小さくしていく。難なく斬れるとわかれば、ためらうこともない。歩を進めつつ、たんたんと単純作業をこなした。

湊の目線の高さはある岩を複数個にバラしたら、その後ろに、やけに横幅の広い岩があった。

「大物発見。これ、もっと小さいなら漬物石によさそうな形してる。――なんだか割るのがもったいない気もするけど……」

それへ向け、指を弾きかけた時、

「あ、それはダメ！」

ウツギの鋭き静止がかかった。反射で手の角度を変えると、射出した風の刃は別の岩を一刀両断した。

その隙に、ササササッと大きな漬物石が逆方向へ移動していく。そのカニめいた横っぱしりに湊が目をむいた。

「なっ、岩じゃなくて生き物だった⁉」

一瞬慌てたがハッと何やら気づき、数歩後ずさった。

「ま、まさか、神霊が宿りし岩だったとか……⁉　だとしたらまずいことに……！」

焦る湊の傍ら、小さい石を自らの穴へポイポイ蹴飛ばすウツギが顔も上げずにいった。

「湊、しっかりして。アレ、そんな大層なモノじゃないよ。神気発してないでしょ」

湊が探る間、デカイ漬物石は木立を盾に右へ左へ動く。その人をおちょくる動作に心当たりがあった。

「――あ、もしかして、妖怪？」

その言葉を聞くや、漬物石の輪郭がゆらめく。しゅんと一気に小さくなり、黒い毛の塊へ変わった。

それを湊が認識した途端、斜面をゴム毬《まり》のように跳ねつつくだり、逃げていった。

あたりは、再び静寂に包まれた。

見えなくなってもまだ、湊は消えた方向を気にしている。

「いったいなんだったんだろう……。全然正体がわからなかった。毛むくじゃらなのは間違いないけど」

「さあ、なんだろうね」

明らかにとぼけて、ウツギは湊の傍らを通り過ぎる。

「そのうち自らあいさつしてくるかもしれないよ。その時のお楽しみってことで！」

「――そっか」

そういうのならば、先刻の妖怪はこちらに敵意は持っていないのだろう。ただからかわれただけのようで、湊はやや安堵していた。


湊は、妖怪が認識できていた祖父の存命中、忠告を受けている。

実家に現れる妖怪なら接触を試みても構わないが、山の中のような人里離れた場所にいる妖怪は避けるようにと。

たとえ、その存在に気づいたとしても、できるだけ相手にそれを気取らせるなとも。

実家には、守り神に近しい座敷《ざしき》わらしがいる。そのため、彼女が許可した妖怪しか敷地内に入れないことになっており、入ってくるモノは、たいてい人間に友好的で無害だ。

しかし、人里離れた場所に棲《す》まうモノたちは、人嫌いの場合が多い。

好んで人間や動物を捕食する残忍極まりない妖怪は、昔と違って今はほとんどいない。

が、ゼロではない。

とはいえ、あちらからちょっかいをかけてくるなら友好的な妖怪だと、湊は経験上知っている。

「いままで山神さんちでまったく妖怪と会ったことないから、今日出てきてくれたってことは、仲良くしてくれる気はあるってことかな……」

独り言を言いながら湊が岩を切り刻んでいると、ガサガサと答える音があった。見上げれば、頭上から葉っぱが降ってくる。パラリ、パラリと行く手を示すように、順に降り注いだ。

その仕掛け人を見定めるべく、目と意識を上方へ向けるも、どこにも姿は確認できず、片鱗《へんりん》すらうかがえない。

それでも、湊は目を凝らす。——やはり視《み》えない。生い茂る枝葉で視界は良好とは言いがたく、物理的理由のせいなのか。それとも——。

「俺は、もう妖怪が視えないのか……」

山神曰く。先天的な能力であっても、普段まったく遣わなければ鈍ってしまい、いずれは失われるのだという。

気落ちした湊の横を歩むウツギが小首をかしげる。

「たとえ視えなくなったとしても、なにも困らないよね。嫌なの？」

「嫌だよ。実家に帰ってわらしさんのこと全然視えなかったら困る」

湊は座敷わらしのことを妹分だと思っており、大事な身内扱いしている。ゆえに、彼女の存在を認識できなくなるのは、あまりに寂しく悲しい。


それから、湊は気を取り直して作業を続けた。

直射日光が降り注ぐ崖沿いの道に立ち、上方のウツギへ声を張る。

「ウツギー、風撃つよー！」

「風撃ツヨ〜！」

「え？」

まるで輪唱するような声がどこからか聞こえた。

四方を見渡すも、人はおろか動物も見当たらない。

「ウツギー、なにか言った？」

「言ってないよ〜！」

「言ッタ〜」

おかしい。ウツギのあとに聞き慣れない声がした。

それは若い男の声で、不思議となんとも言いがたい気分になった。

顔をしかめる湊に向かい、ウツギが駆け下りていく。

「今の声、湊にそっくりだったよ。上手いよね〜」

「俺に？　まぁ、自分の声って違う風に聞こえるものだけど……。だから変な気持ちになったのか」

突然、カラカラと細かい小石が急斜面を転がり落ちてきた。よもや落石かと斜面から距離を取って見上げても、何もなく追撃もない。

警戒する湊からは見えない位置――枝の陰に、黒い影の毛むくじゃらが潜んでいる。

ウツギはそれを一瞥し、肩をすくめる。

「さっきの妖怪だよ」

「戻ってきたんだ。まさか石を落とされたりしないよね」

「それはないから、気にしなくていいよ。ただの構ってちゃんだからね」

「違ウヨー！　ソンナノジャナイヨ～」

上空から湊の声もどきが降ってきて、さらには背後からもガヤガヤと多くの声がする。

「そうだゾ。ボクらは、カマッテちゃんじゃないんだゾ！」

「せやせや。ワイは、ただの通りすがりやで」

「アチキはねぇ、このお人がアチキらを気づくんか知りたかったんよねぇ」

湊がすかさずかえりみるも、綺麗に整備された道しかなかった。

明瞭に声はしたというのに、なんたる素早さか。

「妖怪の声が聞こえるのって……珍しい」

実家の座敷わらし、および遊びにくる妖怪たちは物音を立てたり、袖を引っ張ったりしてくるものの、声をかけてくることは滅多になかった。

半笑いのウツギは、湊を促す。

「ホント、構ってちゃんばっかりなんだから。それより湊、早く整備終わらせようよ」

「ああ、うん」

それから、たびたび複数箇所から会話に参加してくるモノたちはいたものの、頑なに姿だけは現さなかった。


ザンッと縦に割れた岩が音高く地に伏せた。

土煙に包まれたその片方へ、湊は指先を向ける途中で、腕を下ろした。

「やっぱり大岩を斬るのもったいないよね」

周囲の岩から岩へ飛び移っていたウツギが湊の足元に降り立つ。

「じゃあ、まとめて道脇にでも積んでおく？」

「そうしようかな。そのほうが目印になるし、景色も変わって山歩きも楽しいだろうし」

延々と風景が変わらない山登りは飽きがくるうえ、何より精神的に厳しくなってくる。ここの山は、変化に富んでいるからそうでもないけれども。

「オブジェみたいに飾っておけば、誰かの救いになるかもしれないしね」

大岩に神秘性を見出《みいだ》すのは、万国共通でもある。きっとこの岩を目にした人々もそうに違いない。

腕を組んだ湊が一人納得するも、ウツギがつぶやく。

「ただの岩なのに……？　人間ってホント変わってる……」

湊は傍らの切り立つ岩へ近寄った。それは、円錐《えんすい》の形をしている。

「これとか、いかにも山っぽい見た目だよね。庭の片隅にあったらかなり存在感を放ちそうだ」

まるで誰かさんのように。そう思い、ニヤけていた湊の鼓膜を重低音が打った。

「ほう、左様か。さては、庭に山を置きたくなったな」

振り返ったら、山神が登山道をくだってくるところだった。

その最中、四方の岩を注視する視線は熱い。

「石で高さを出した庭もよき……」

完全に品定めをしている。

「そういうわけじゃないけど、まぁ、岩を持っていくぐらいなら神力はさほど遣わないか。――というか、俺が風で運べばいいか」

「今日は快晴だよ。すっごい遠くからでも岩が落下するのが見学できちゃいそうだね～」

ウツギにからかわれ、湊はあっさり諦めた。

「――やめとく。万が一あの家の屋根に落としたら詫びのしようもないしね」

気に入ったらしき大岩をなでながら、山神がちらちら見てくるも、気づかないフリをして、近場の巨岩を風で転がした。


あらかた岩を片付けた湊とウツギは、次に丸太階段の修繕に取りかかった。

カンカンと小気味よい音を響かせ、湊は木槌《きづち》で杭《くい》を打ち込む。その階上で寝そべる山神が、規則的なその音に眠気を誘われ、大あくびを一つ。杭を支えるウツギは見上げて、山神の赤い口内を見て呆れている。

丸太階段はあと数段で完成というところまで漕ぎ着けた。だがしかし、丸太も杭も足りない。あらかじめ御山の木を伐採し、丸太と杭を準備していたのだが――。

「あー、材料の数ミスったみたい」

湊が階上を見上げたら、山神はうとうとしていた。

「山神さん、また木の乾燥をお願いしてもいい？」

「――うむ。そうさな」

山神は、気だるげにウツギを見下ろす。

「ウツギ、ぬしがやってみよ」

「うん！」

待ってましたとばかりに、ぴょんと飛び跳ねた。


本来、木材は乾燥させて使用するものだ。

中に水分が残った状態では、自然乾燥する過程で収縮・変形が起こり、完成品や建造物に歪《ゆが》み・不具合などが生じる。

乾燥させたからこその利点も多い。強度が増し、カビや木材を腐らせる腐朽菌《ふきゅうきん》の発生も抑えられる。

ただ、その乾燥にはいたく時間を要する。天然乾燥なら半年以上もかかる。

けれども昨日、湊はその工程を数秒で終わらせていた。

山神の神域を利用したおかげである。神域内の時間は自在に操れることを田神の神域で身をもって知り、試しに山神に頼んでみたら、あっさり行ってくれた。

それから木材の表面に防腐剤も塗装し、仕上げの乾燥まで済ませてある。

なお、神木クスノキからとれた木材は乾燥がいらない。かの木材は、水分を含んでいるからこそ、破邪の効果を保っている。

ついでにいえば、クスノキの木材を加工できるのは湊のみである。

なぜなら、依然意思が宿っており、なんぴとたりとも、その表皮に傷すらつけられないからだ。


湊が新たに伐採した丸太をウツギに渡すと、傍らに浮かぶ黒い穴へ放り込んだ。

その穴が急速に閉じると、ウツギはムンと拳を握り、気合いを入れた。

「じゃあ、神域《我の部屋》の時間を早めて、乾燥させるね。よーし、いくよ〜」

「よろしくお願いしまーす」

同じ階段に座る湊が見守った。

ウツギも神域内の時間を操れるようになっているが、まだ完璧ではない。時間を過去へ戻すことは容易でも、未来へ進めるのは難しいため、まだ習得できていなかった。

両眼を閉じたウツギの前足が、中空で何かをかき混ぜるように動いた。眉間に盛大なるシワを寄せ、軽く唸る様は誰も触れられないような威圧までも発している。

その集中力の高さをまざまざと感じ、湊は息さえ殺して待った。山神はといえば、最上段の位置で前足を垂らして舟を漕いでいる。

それなりの時が流れ、ウツギの尾が急速に膨らんだ。

「できたッ！」

「んあ？」

バチンッと頭部に匹敵するほどの鼻提灯《ちょうちん》が割れ、山神が目を覚ました。ブルブルッとかぶりを振る様を湊は見上げることもない。やる気のない山神はいつものことだ。

「ちゃんと乾燥できてるはず！　じゃあ、いまから出すね。よいしょ、と」

ウツギは空間に穴を開け、そこからズルリと丸太を引っ張り出した。

確かに乾燥はできているようだ。けれども残念ながら、二つに分かれそうな深い亀裂が入っていた。

これでは使い物にならない。

「あー、失敗しちゃった……」

耳を下げたウツギがしょぼくれる。

「本当に難しいんだね……。それになんだかこの丸太、すごく時が経ったみたいな見た目になってる」

表皮も乾燥しきって、湊が指先で少し触れただけでパラパラとこぼれ落ちた。

山神は手なぐさみのように生木の杭を転がしつつ、告げる。

「入り口を閉じてすぐ急激に時を進めたゆえ、その時すでに割れておったぞ。そのあとも時を流しすぎたな。その丸太は優に百年は経っておる」

「ひゃ、百年も？」

空恐ろしさを感じた湊が上半身を引いた。

「もう一回！　もう一回する！」

飛び跳ねつつ意気込むウツギに、湊は丸太を恭しく差し出した。

「よろしくお願いします」

再びお願いすれば、頷きながら受け取ったウツギが穴へねじ込む。それを山神はあくびをしつつ眺めている。

「材料はごまんとある。ぬしの好きなだけ励むとよい」

「確かに」

湊も同じ思いだった。山神の言葉通り材料には困らぬうえ、急ぎでもない。

かずら橋の修繕は来月からの予定であり、そこまでの道行きの整備はもう済んでいるため、時間に余裕はあった。

ウツギのみが奮闘する間、手持ち無沙汰の湊は階段の路面部分を踏み固めて歩いた。

ふいに横から風が吹きつけてきて、その中に風の精の気配を感じた。ぐるりと周りを回遊する彼らに、片手を挙げて応えていると、木々越しの下界が見えた。

豆粒サイズの建築物が埋まる町並みを分断するようにゆるやかな川が通っている。

先日、泳州町に赴いたからこそ、その川が町と町の境界線になるのだと知った。いままでただの風景でしかなかった景観が、意味を持つようになったともいえる。

じっと目を凝らして、川付近を見つめた。

「さすがにここからじゃ、シロナガスクジラのモニュメントは見えないか」

「あれ、すっごい大きかったよねぇ」

しみじみというウツギは、先日受けた衝撃を忘れられないようだ。その前足はふわふわと漂うような怪しげな動きをし続けていて、術を行使している。

ややあってピタリと動きを止め、顔を上げて力強く言い放った。

「よし、できた！　今度の丸太こそばっちり乾燥できたよ！」

その周囲には木材の成れの果てが堆積している。ウツギが神域の時間操作をはじめた頃、中天にあった太陽もかなり高度を下げて、山神も本格的に寝入っていた。

「お、できた？」

湊が階段を上ってくる。その靴が踏んでいく路面は、象が乗っても大丈夫なほど、踏み固められている。

湊がウツギのそばまでいくと、神域から取り出された丸太がズイッと突き出された。

ひびや割れなぞどこにもない。しかと乾燥されているようだ。

「おお、素晴らしい」

丸太を回して確認した湊が感嘆の声をあげた。

ウツギは腰に手を当て、ふんぞり返る。

「もう完璧に時間の調整覚えたもんね。これからはすぐにできるよ！」

「すごい、すごい」

「うむ。ならば、次は千年先を目指さねばな」

拍手して褒める湊と打って変わって、山神は眼を開けることもなく、課題を出した。

むぐぐ、と唸ったウツギの下方、湊は丸太を階段に立てる。その表面を指先で縦になぞると、真っ二つに切断された。

指先から圧縮した風を薄く、細く噴射して斬ったのだ。ウオーターカッターの風版といったところか。

湊の風遣いは、妙な方向で熟練の域に達しつつある。

二つに割った木材を両手に持った湊が立ち上がる。

「山神さんは本当、厳しいねぇ。あ」

片手から落ちた木材が、カコンと山中に快音を響かせて同意した。

材料はそろったものの、防腐剤はない。

「今日のところはここまでにするよ。お疲れ様でした。ウツギ、手伝ってくれてありがとう」

「どういたしまして～」

湊、ウツギ、山神の順で階段を下りた。

「帰って打ち上げしようか」

「わーい、やったー！」

はしゃいだウツギが歓声をあげながら、湊の足元をぐるぐる回る。あまりに早く、まるで白いドーナツのようだ。

思いながら、湊が笑っていると、

「ヤッター、打チ上ゲ～！　オ酒モ呑ミターイ!!」

ウツギの声で耳を疑う台詞が聞こえた。

「お酒……？　ジュースじゃないの？」

ウツギは、酒を呑まない。興味を示したこともなかった。

湊は足元をよく見て、回る中に白い塊が二つあることにようやく気づいた。その二つがピタリと正面で止まり、体を起こした。

毛並み、顔つきもそっくりなテンが二匹。煌めく黒眼も同じだ。

が、片方の尾は茶色だった。

ウツギがそれを見下ろし、こそっとつぶやく。

「尻尾真似できてないよ」

「アウ、シマッタ～」

ぺちっと自らの額を叩き、ドロンと白煙を上げた。

それを割って飛び出してきたのは、四肢を持つ茶色い毛むくじゃら。スタコラサッサと階上へ向かう途中、振り返った。

むくむくの体つきに、隈取《くまど》りのある顔の正体は——。

「タヌキだ……！」

見上げた湊に言い当てられると、タヌキは眼を弓なりに細めた。

「ニヒヒッ」

愉快げに笑い、目にも止まらぬ速さで階段を駆け上がっていった。

己の声真似をしていたのはかのモノかと湊が見送っていたら、山神が飄々と告げた。

「あやつは、なかなかの古狸《こり》ぞ」

「そうなんだ。タヌキって本当に化けるんだね……。しかも声までそっくりだった」

湊は、いたく感慨を覚えていた。同時に不思議でもあった。

「なんではっきり見えたんだろう」

「もとより実体を持っておったモノが転じて妖怪となったゆえ、異能を持たずとも誰しも見えよう」

「——そっか」

ならば、座敷わらしはダメなのか。

目を伏せる湊へ向かい、山神が告げた。

「生まれ持った異能を失いたくなくば、意識して遣えばよい。ただそれだけぞ」

顔を上げた湊を山神の鼻先が促す。その方向へ湊が目も意識も向けると、木立の陰に白くぼんやりしたモノ――妖怪がいた。

「いる……！　前より薄くなった気がするけど視える！」

「意識すれば、そのうち感覚を思い出せよう。そのうえ、感度が上がるやもしれぬぞ。なにせ我の山には掃いて捨てるほど妖怪が棲み着いておるゆえ」

「イヤー！　捨テナイデー！」

ぼんやりした白いモノから、上空から、横手から。至る所から悲壮な声があがった。

○

さて、打ち上げである。

万年小春日和の楠木邸にて、湊と山神一家が座卓を囲っている。山の整備を主に手伝ってくれたのはウツギのみだが、それはそれ。いつものことであるから問題はないが、なぜかその場には奇妙な静けさが漂っていた。

湊が一人動いて茶の支度をしている。それを山神一家はただ大人しく待つのみだが、それぞれ耳、ヒゲ、尾が辛抱たまらぬように動いた。

ごくり。誰かしらの喉が音高く鳴った。

素知らぬ顔の湊は茶を注ぎ続ける。なみなみと満たした大きな湯飲みを正面の山神へ。その口元から舌がちろりと出ている。

――山神さん、舌しまい忘れてる……！

思わず吹き出しそうになった。慌てて横を見ると、ウツギも同じく、その隣のトリカも、さらにはその対面にいるセリも。ことごとく舌が飛び出し、眼前に置かれた飲み物に見入っていた。

セリは紅茶、トリカは珈琲《コーヒー》、ウツギは果物ジュース。近頃、彼らのお菓子の好みが分かれてきたが、飲み物も同様である。

山神はむろん緑茶を好み、今日は玉露だ。一家ともども、鼻をすんすん鳴らし、上目で湊の手元の白い箱を熱く見つめている。もちろん、ほのかに漂ってくる香りで中身の想像はついていた。

だがしかし、やや変わった匂いも交じっており、怪訝そうでもある。

山神の金眼が箱の側面を射抜き、首をかしげた。

『――ぬぅ、我の知らぬ店名ぞ。方丈町のみならず県内の有名和菓子店は、ほぼ完全に把握しているこの我が知らぬ店なぞ……』

『ということは、洋菓子店の菓子ではありませんか？　あんこの香りがするのは解せませんが……』

セリの声が尻すぼみになり、トリカが明朗に割って入った。

『洋菓子じゃないだろう。箱の外装がいかにも和菓子だからな。新しい和菓子店の新作の可能性が高いと我は思う』

『どっちも入ってるんじゃない？　我はどっちでもいいよ～。できれば洋菓子がいいけど～』

ウツギの声は弾んでいる。

山神一家がやけに静かにしていると思いきや、そんなことはなかった。念話で大いに盛り上がっていた。

ともかく、和菓子一択の山神と異なり、眷属たちはどちらもいける。ただ、圧倒的に洋菓子に惹かれるだけだ。

『本日の菓子はいまいち判然とせぬが、ハズレることはまずなかろうて』

山神のゆるぎない言の葉に、眷属三匹はかすかに首肯する。

『ええ、なにせ湊が選んだ物ですからね』

『湊がうまいからと買ってきた物ではないけどな』

『でも外れないんだよね。なんといっても強運の持ち主だから～』

四対の目線が湊の胴体に集中した。その身に付いた四霊の加護は淡く灯っている。引き寄せ効果は衰え知らずだ。

『よしんば適当に選んだとしても、しかと当たりを引けようぞ』

山神がしたり顔で語ると、セリは軽くかぶりを左右へ振る。

『しかしそこを疎《おろそ》かにしないのが、湊が湊たる所以《ゆえん》ですからね』

『そうさな。なにやら熱心に、ねっとで調べておったからその時に決めた菓子であろうよ』

いろいろ好き勝手に会話しているお隣さんたちのことなど露知らず、湊は小皿に載せた菓子を全員へ配る。

「はい、どうぞ」

一斉に黒き鼻を近づけたそれは、どら焼きだ。きつね色をした円盤型は、一見なんの変哲もないようにしか見えない。どこからかじったらいいかわからぬほど、中身が幅を利かせているわけでもない。

慎《つつ》ましいその隙間から中身はうかがいしれなかった。

一家は素早く視線を交わし、家長が音頭を取った。

「うむ、ではいただこう」

いただきます、と三匹も唱和する。

最初に大狼がかじりついた。一噛み、二噛み、三噛み。

ギュワッ！　と両眼が見開かれる。

ビリビリと頭部から尾の先端まで電流が駆け抜け、ただでさえブ厚い冬毛の量が増した。大気が唸り、川の神水も湧き立つ。

「うまし……ッ！」

言下、その巨軀《きょく》を起点に、神威が放射状へ広がった。庭木からクスノキ、御山の木々の順に派手に葉枝を散らす。

湊は一瞬のみ肌にひりつきを覚えたものの、風とは異なっていたため、横倒しになることはなかった。

眷属たちはといえば、平然とどら焼きにかぶりついている。

ともあれ、山神に尋常ならぬ衝撃をもたらしたどら焼きには、塩バターとこし餡が入っていた。和と洋のマリアージュな逸品だった。

「かようにこし餡とばたーがあうとは、思わなんだ……。これぞまさに革命であろう……！」

山神の感に堪えない震え声を聞くや、湊は会心の笑みを浮かべた。

「よかった。迷いながら買ったんだよね。お気に召したようで何より」

「うむ、これはたいそうよき。——塩ぞ。紛れもなく、この塩気が決め手であろうよ」

じっくりと味わいつつ、山神は唸った。

それを眺める湊は、ひそかに思っていたのだ。

いつもいつも、こし餡ばかり食べて飽きないのだろうかと。

さほど食にこだわりを持たない湊からしても、山神は一つの物に固執しすぎているように感じていた。

ゆえに、和菓子と洋菓子が合わさった物から徐々に慣らしていけば、いつしか洋菓子も所望するようになるのではないかと試したのだった。

まんまと企みが成功し、湊は気分よさげに果実を口へ放り込んだ。その手元にうず高く盛られた暗赤色《あんせきしょく》の実は、ヤマモモ。眷属たちからの産地直送品である。

「うまい。新鮮な果実っていいよね。いつももぎたてをありがとう」

「こちらこそ」

声を合わせる眷属たちも顔を綻ばせ、どら焼きに舌鼓を打つ。

彼らは山神ほどの衝撃はなかったらしい。洋菓子を食べ慣れており、かつ、これまでも初めての食品であればひとまず挑戦してきたからだろう。

眷属たちは好奇心旺盛で新規開拓に余念がない。ならば山神とてそうに違いない。なんといっても大本なのだから。

「これからは、お菓子の選択肢が増えそうだ」

湊は朗らかに笑う。これで買い物時、頭を悩ます回数も減りそうだ。

山神が湊の買ってくる新しい物に文句を言うわけではない。とはいえ、どうせなら喜んでもらいたい、ただその気持ちが強いだけだ。


ふさふさと尾をゆらす山神の顎は動き続けている。

「――うむ、我も意外に洋菓子もいけるかもしれぬ……」

「山神さんもいろいろ食べてみたらいいよ。食わず嫌いはよくないからね」

湊が視線を送ると、眷属たちも頷いた。その彼らの食べ方にはますます開きが出てきた。

セリとトリカは、ナイフとフォークを用いている。

その獣の手は人並みに器用に動き、取り澄ました顔の二匹の所作は、良家のお子様にも劣らない。

それに比べて、膨らませた頰を前足で押さえるウツギが野生児に見える。むしろこちらが正常なのだろうけれども。思わずつつきたくなるその頬は、リスの頬袋に似ていた。

「そうだ、神霊は……」

リスと見紛《みまが》った、かのエゾモモンガのご機嫌はいかがであろうか。

湊がかえりみたら、石灯籠のガラス窓が開いていた。ピャッと白い塊が引っ込んだのは、いままでのぞいていたからに違いない。

即座に閉ざされるかと思った開口部だが、どうしてか開かれたままだ。

もしかすると神霊は、山神一家と交流を図ろうとしてるのかもしれない。

俺はいないほうがいいのか、と湊がためらっていると、ウツギが縁側から飛び降りた。その口に新しいどら焼きを咥えて。庭を突っきり、ひと蹴りで石灯籠の笠《かさ》に乗る。

逆さまの体勢で火袋をのぞき込み、つかんだどら焼きを差し出した。

「このどら焼き、すっごくおいしいよ。食べる？」

その躊躇《ちゅうちょ》のなさに、小座布団に収まっていた神霊もポカンと口を開けた。

その一幕は湊の位置からは見えておらず、少々やきもきしていた。テンとモモンガは本来、喰うモノと喰われるモノという関係性ゆえであろう。

しかし彼らは、神にまつわるモノだから、心配は無用だ。

神霊にどら焼きを渡し終えたウツギは笠から飛び降り、意気揚々と駆け戻ってくる。取り立てて何か言うでもなく定位置に収まると、新しいどら焼きを大口を開けて放り込んだ。

それを横目で見ていたトリカが浅くため息をつく。

「湊、新しい湯飲みを借りてもいいか？」

「ああ、うん。どうぞ……？」

トリカはテキパキと慣れた仕草で茶を淹《い》れ、湯飲みを頭に乗っけて石灯籠へ向かう。

それなりに中身の入った湯飲みを運んでいようとも、その歩行速度は速い。ちゃっちゃと石灯籠の柱を螺旋《らせん》状に登り、コトンと開口部手前へ置いた。

「この茶で喉を潤しながら食うといい。――慌てて食わないようにな」

それだけを伝えて、さっさと戻ってきた。

「さすがトリカ、面倒見がいい」

「――そうでもないが……」

湊に言われ、眼を泳がせるトリカは席についた。面と向かって褒められると照れるお年頃である。

その頃神霊は、己が身と変わらぬ大きさのどら焼きを抱え込み、むしゃむしゃと頬張っていた。

口元をあんこでべったり汚し、あまつさえボロボロこぼしている。目を覆いたくなるその惨状は、縁側からは見えない。

それをいいことにエゾモモンガは嬉々《きき》としてかぶりつく。のちのち汚れた座布団を気にすることになっても、いまは気にする余裕もなく、どら焼きに夢中になっていた。

あっという間に半分ほどむさぼり食い、湯飲みを前足で持とうとする。

が、持てない。その小さすぎる前足では持ち上げることすら不可能だ。

じっとその前足を見たあと、ためらいがちに顔ごと湯飲みに突っ込む。勢いあまって、ドボンと半分以上浸かってしまった。

ゲフゲフッ。石灯籠からかすかな咳《せ》き込む音が聞こえ、湊が立ち上がりかけた時、すでにセリが馳せ参《さん》じていた。

「ゆっくり、ゆっくりでいいですから」

介抱する声も聞こえ、不安を覚えた湊は山神を見やる。

「まさか神霊は病気じゃないよね……？」

もっさもっさとどら焼きを食《は》んでいた山神は、ゴクンと飲み込んだ。

「ありえぬ。気にせずともよき」

「そんなこと言われても気になるよ」

それ以上語ろうとしない大狼の傍ら、おしぼりを持ったトリカが立ち上がる。縁側から下りつつ、湊へ告げていく。

「我らの体は頑丈だから病気にはならない。怪《け》我《が》だってほとんどしないんだぞ」

「——そうなんだ。でも……」

「大丈夫。新入りは、まだ慣れてないだけだ」

何に慣れていないというのか。

聞きそびれた湊がその後ろ姿を目で追っていると、石灯籠から神霊の頭がのぞく。こちらが気になるようだが、そこから出ようとはせず、縁側に寄りつこうともしない。

湊が苦手なのか、それとも山神のほうか。

いずれにせよ、ここに馴染むまでにまだまだ時を要するだろうが、眷属たちとは仲良くやれそうだ。

石灯籠に集う眷属を見ながら、湊はお茶を啜った。

第7章 神霊がみている

橋梁工事代を稼いでみせる。

そう決心した湊は、燃えに燃えていた。

家の管理人《本業》の給金をはるかに凌ぐ、副業の護符づくりに昼過ぎから精を出していた。

ここ最近、祓いの力と神の力もあまり行使せず過ごしたおかげで、筆の動きも軽快だった。

早々と護符の作成を終えたら、お次は木彫りに取りかかる。

こちらは、和雑貨店・いづも屋に持っていく物だ。先日、南部の散策中に惹かれて入ってみれば、店員に木彫りを気に入られて卸すことになった。

果たしていくらの値がつくのか皆目見当もつかない。

あまり期待しないほうがいいかもしれない。

なお、実家からの依頼で温泉宿の表札やキーホルダーを作成しているが、そちらの代金は基本的に現物支給となっている。

定期的に母から地元絡みの品々が大量に送られてくるため、まったく不満はない。

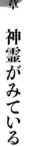

むしろ、この近辺では手に入らない物ばかりで大変助かっており、送られてくるのを楽しみにしているくらいだ。

昨日、いづも屋で購入した組紐《くみひも》をつけた狼の木彫りと、表札・キーホルダーを作成して送ったばかりだ。今回は数が少なかったから、また手癖の悪い客に盗《と》られて長くは保たないかもしれない。

そろそろ対策を打つべきであろう。


その件に関して家族と相談しようと思いながら、湊は小刀で木を削る。おぼろに浮き出たその形は、亀だ。霊亀を彫っていた。

角材からどんどん形が浮き彫りになっていく過程を、横臥《おうが》した山神は見るともなしに眺めている。

「木を彫るのも、ずいぶん手慣れてきたものよな」

「そうかな、でもまだまだだよ」

人それぞれ異なるようだが、湊は木材の中に形がみえる性質ではなく、ひとまず下絵を描いてから、それに沿って木を彫っている。

「でも、いくつか練習した甲斐はあったかも」

その言葉通り、粗彫りを行う小刀の扱う手つきも様になってきた。

ひよこと狼を仕上げ、その後、練習を兼ねて簡単な形の舟を二艘《そう》作っていた。

舟にしたのは、ひさびさに海に赴いて舟を見たからというのもあった。

しかしながら、宝船のように立派なモノではなく、ただ角材をくりぬいて形づくった丸木舟だ。

手のひらサイズのそれらも、神木クスノキを使用している。

湊は作業の手を止め、脇に置いていたその一艘を目線へ掲げた。全体をくまなく眺める、その眉間には深々とシワが寄っている。

「うーん……。出来は悪くないと思うんだけど、味気ないよね。飾り物としては微妙な気がする」

「そうさな、ただの小物入れにされてしまうかもしれぬぞ」

「それでもいいけど……」

「帆でも張れば、多少は見栄えがよかろうて」

「あ、確かに。じゃあ、真ん中あたりに帆柱を立てて、それから帆の材料は――」

湊が室内を見やる。ダイニングテーブル上の和紙は播磨から支給される物だ。それを使うわけにもいかない。

「あの和紙に似た物ならどうだろう。いや、それよりも布のほうがいいか――」

今度は、縁側の端へ目を転じた。

そこには、別の神域への入り口が存在し、中には神木クスノキの木材の他に、霊亀と応龍の脱け殻・麒麟の鱗も入っている。

一度それぞれを持って外出して以来、すべてそこへ保管したままだ。せっかくもらったモノだが、何かと心臓に悪い騒動――高額くじに当たったり、他者から高価な品をもらったりなどなどを招いてしまうため、扱いに困っていた。

「亀さんと龍さんにもらったあの脱け殻、使ってもいいかな……」

「構わぬであろう。むしろ使ってやるとよき」

仰向けでくつろぐ山神は、なんてことない口調で言ってのけた。

もしこの場に、一般常識を持ち合わせた者がいたのなら、さぞかしたまげたことであろう。唯一無二の存在たる四霊の抜け殻と鱗を加工して売ろうとしているのだから。

不幸にもなのか幸運なのか判然としないが、ここには、一般的とはいいがたいモノしかいない。山神をはじめ、庭でくつろぐ霊亀、応龍、麒麟、誰ひとりとして。

湊たちの会話を聞いていた四霊すら『ご随意に』とばかりに首を縦に振っている。

湊は帆柱と帆桁《ほげた》をつくったあと、保管庫から応龍と霊亀の脱け殻を取り出し、両手で広げるように持った。その顔面を下から真珠色の光が照らしている。

手に伝わってくる極上のなめらかさは、到底この世のモノとは思えない。

湊は改めて、その輝きと質感におののいた。

「とんでもないモノなんだろうけど、しまっておくのはあまりにもったいないよね」

「お主が持て余すのであれば、大いに用いて売りさばくとよき。——かの店に惹かれる者らに、悪人はおらぬゆえ」

「そうなんだ。でもあの清浄な気配がするいづも屋さんなら納得」

いづも屋は、店舗自体とその店先も清浄さに満ちた不思議な所だった。

それを思い出しつつ、湊は応龍の脱け殻を座卓に敷き、切る長さを決める。

「だいたいこんなものかな」

いざハサミを入れようとしたら——。

「——切れない」

閉じることもできず、キズ一つすらつけられない。まるで歯が立たなかった。

「すごいな。防御力が高すぎる」

「なにも切らずともよかろう」

「でもそうしないと張れないよ」

「ならば、我に任せよ。それらをこちらへ。——ハサミはいらぬ」

「あ、はい」

舟と抜け殻を山神の前に置いた。

山神が広げられた抜け殻に前足を乗せた。見る間に抜け殻が小さくなっていき、さらには形が変わった。四角になってしまった。

「帆というのは、こういう形であろう」

「まさにそれだよ」

湊は見入りながら答えた。山神が前足を引き上げると、肉球にピッタリと張り付いている。そうして、帆桁に近づけると、くっついた。

湊が感動に打ち震える。

「糊いらず！　素晴らしい……！」

「もう少しマシな感想は云えぬのか」

前足を引く山神は半眼になっている。

それから帆に顔を近づけ、フスっと鼻息を吹いた。帆が大きく膨らみ、座卓を滑っていく。向かってきたそれを湊は両手で受け止めた。

「すごい、水に浮かべても問題なく走れそうだ」

「むろんぞ」

自慢げな山神はもう一艘にも霊亀の抜け殻で帆を張った。


かくして素朴な木舟が、霊亀と応龍の脱け殻を帆として張ったことにより、宝船のごとき佇まいへと変貌を遂げた。

座卓に並ぶ世にも珍しい二艘の木舟を前にして、湊は渋い顔をしている。

「帆が目立つ。これはこれで……舟が帆に負けてるような……」

「否、どこも負けてなぞおらぬ。木とて神木クスノキである。比類なき至宝ぞ」

「まぁ、うん。物自体はいい物だけれども」

やはり木彫りの出来ではなく、そちらに価値を見出されるかと湊は苦笑する。どちらの材料も極めて希少ゆえ、こればかりは無理からぬことであろう。

庭の中心でクスノキが樹冠を縦に振るのを視界の端で捉えつつ、湊は麒麟の鱗を指でつまんだ。

「麒麟さんの鱗はまた別のモノに使おう」

太鼓橋で伏せていた麒麟が、がっくりと頭部を落とした。その下方、優雅に泳ぐ応龍が薄笑いしながら、橋の下を通っていった。

残念ながら、モデルを熱望してくれる麒麟と応龍の木彫りには、まだ手をつけていない。なにぶん彼らの造形は難しく、依然絵の段階で止まっていた。


そろそろそれらの絵も仕上げなければならない。

そう考えていると、小さな羽音が聞こえて顔を庭へ向ける。応龍が縁側の縁《へり》に舞い降りるところだった。

「龍さん、どうかした？」

羽を畳んだ応龍は湊を見てから、鼻先で舟を差した。

「見たいのかな。どうぞ」

頷いた応龍の長いヒゲがしなった。帆を張った二艘が浮き上がり、宙へ出航する。背を向けた応龍が羽ばたくと、危なげなく追走していった。

Ｂｏｎ　ｖｏｙａｇｅ！《よい旅を！》。

遠ざかる一行を見送った湊は、首をかしげる。

「龍さん、あんなこともできたんだ……」

まるで山神のようではないか。

ここに来たばかりの頃、そんな力は遣わなかったはずだ。

四霊は霊妙なる獣であり、神獣ではない。けれども、応龍が行使する力は神たる山神と大差ないだろう。

そのうえ雲を操ることも不思議で仕方ない。霊獣が持つには過ぎたる力ではないだろうか。

思えば、青龍《せいりゅう》がここを訪れたあとから応龍の力が増したような――。


考え込む湊をよそに、二艘の舟を引き連れた応龍はクスノキの木陰に降り立った。

そこには、霊亀と麒麟が待ち構えていて、輪になった三匹の真ん中へ二艘が舞い降りた。

『借りてきたぞ』

『ご苦労ぞい』

霊亀が応龍を労《ねぎら》う間、麒麟は舟たちを睨みつけていた。

『なぜ、この舟らにわたくしめの鱗は使われなかったのでしょうか。帆にだってなんだってなりえましょうに……!』

しなやかな尾が不満を表し、鞭《むち》のごとく振れている。

霊亀がぬっと首を伸ばす。

『まぁ、そういうなぞい。湊はこだわりが強いから、さも舟の見た目にしたかったんだろうの。実際、水に浮かべるわけでもなかろうが……』

『いえ、浮かべることもあるかもしれません。わたくしめ、知っております。クスノキは舟にも適した木なのだということを』

キリッと麒麟が頭上を見上げれば、さわさわと枝葉がゆれた。

『昔から多くの者どもが山ほどの、いいえ、山がハゲ散らかるほどのクスノキや他の大木を切り倒し、舟の材料のみならずさまざまな物へと使用してきました。愚かなことです。木が大木と育つまで、いかほどの時を有するか考えもしないのです。人間一人の寿命程度では、到底足りないというのに……』

深々とため息を吐き出した。真向かいの応龍が羽をわずかに開く。

『いやに詳しいな。人間嫌いでありながら、それらの観察を好むという、わけのわからん趣味を持つだけはある』

その場に不穏な空気が流れた。クスノキの樹冠がなだめるように細かく震えるも、効果はない。

『なぜわけがわからないのです。敵の観察は必須でしょうに。まず相手を知らなければ話になりません』

刺々しい麒麟の物言いを応龍は意にも介さない。

『知ったところで、なにも役立たせることはできんだろうが』

二匹の間に、幻影の火花が散った。頭部を下げた麒麟の前足が地に食い込み、羽を広げた応龍が大きくアギトを開けた。

ガチンコ勝負開幕かと思われたその時、霊亀が半眼をかっぴらく。

『ええ加減にせえ』

ドスのきいた鶴の一声が響くや、麒麟と応龍がピタリと動きを止めた。

その二匹を霊亀は順に睨みつけ、最後に二艘の舟で視線を止めた。

『この舟らが壊れたらどうするつもりぞい』

即座に応龍と麒麟は気を鎮め、居住まいを正した。

『すまん』

『申し訳ありませんでした』

『うむ』

鷹揚《おうよう》に首肯する霊亀の眼はもう半分閉じられている。

普段、霊亀――四霊の最年長かつまとめ役が怒ることはまずない。だがしかし、度が過ぎればしかと物申す。

『しからば、誰がこの舟らに加護をやるかぞい』

『それはやはり、抜け殻を用いられた朕らだろう』

ギリギリと麒麟が歯嚙《はが》みするが文句は言わなかった。それを見た霊亀が首を伸ばし、自らの抜け殻が張られた舟をさした。

『麒麟や、こっちには汝《なれ》がやれ』

『ありがとうございます、霊亀殿！』

喜色の乗った声で告げた麒麟は、すぐさま表情を改めた。

『わたくしめ、必ずや、きちんと加護を与えてみせますッ』

その背に紅蓮《ぐれん》の炎《ほのお》が燃え盛った。

麒麟は湊に加護を与えた時、打撃までも喰らわせてしまい、地にめり込むほど反省して、次の機会を狙っていた。本当ならば、自らがモデルとなった木彫りに加護を与えたかったが、いかんせんまだ完成していないから致し方あるまい。

この舟にしかと与えてしんぜようと燃えている。

その姿を前に、眼を眇めた応龍だったが、とりわけいちゃもんはつけず霊亀へ問うた。

『湊はこれを売って、金銭を得ようとしているのか？』

『そのようぞい』

応龍は、まるで解せない言わんばかりの表情になった。

『なぜだ、アレを買えば済む話だろう。――あの……アレの名はなんといったか……。確か紙切れだったと思うが、カネが何倍にもなって返ってくる物があったろう』

人の世に微塵も興味がない応龍は、世間知らずである。

それに引き換え、やけに世情に明るい麒麟がさりげなく教えた。

『もっとも有名な物は、宝くじと申します』

『そう、それだ。なにもこれを売らずとも、否、売ることに反対ではないのだが、わざわざ手間隙《てまひま》かけずとも、そのくじなる物を買えば済む話だ。朕らが加護を与えておるから、必ず当たるだろうに』

霊亀と麒麟は顔を見合わせ、霊亀が浅く息を吐く。

『龍や、わかっておらんな。あの湊ぞい。楽をしてカネを得ようとする考えなんぞ、一切持ち合わせておらん』

『そういう方ですからね……。ですので、少しでも高く売れるよう、わたくしめたちでできるお手伝いをしましょう』

麒麟にまで諭され、ややバツが悪そうになった応龍は、自らの皮が張られた舟を注視した。

『ならば、朕がこれに加護を授けてくれよう』

『お待ちください、応龍殿。いかような加護を与えるおつもりですか？』

四霊が付加する加護は、基本的に福を招く効果がある。

他に、一つの効果に絞った――鳳凰が親方の健康を取り戻させたモノや、麒麟が湊に与えた悪縁を弾くモノがある。

応龍は、上げかけていた前足を下ろした。

『まんべんなく福を招くようにするつもりだが……』

『一つに絞ったほうがよろしいのではありませんか？　そちらのほうが効果は高いですからね』

応龍が口を開く前に、霊亀が割り込む。

『そのほうがええかもしれんぞい。小耳に挟んだところによると、この舟らを卸す店はやや変わっておるらしいからの。やけに清浄な場所で、神域に住まう人間によってつくられる物ばかりが売れておるという』

『ほう？』

応龍はさして思うことはなさそうだが、麒麟はしたり顔で頷いた。

『なるほど。そうであるなら、そこへ出入りする者たちの中には、わたくしめたちの加護に気づける者もおりましょう。——もしかすると、客の中に神もいるかもしれません』

首を傾けた応龍のヒゲがゆれた。

『人間が賄う店に神が出入りするのか？』

『はい、そういう店はさして珍しくありませんよ。この国だけではなく世界各地に存在しますし、店の経営に神が携わっている場合もあります』

『それは、予《よ》も知らんかったぞい』

感心する霊亀へ、フフンと得意げに顎を上げた麒麟を横目に、目を伏せた応龍が熟考に入った。

沈黙の落ちた場に、クスノキの枝葉がこすれる音だけが優しく流れる。地面にいくつもの雲の影が通り過ぎていった。

悠久の時を生きる彼らは、元来のんびり屋さんである。

爛と光る眼の応龍が顔を上げた時、時計の長針が半周した時が経過していた。

『ならば、朕は災いをはねのけ、身を護る効果を授けてくれよう』

『ええ効果ぞい。売れるであろうの』

『よな』

霊亀のヨイショを受け、応龍は気分よさげに前足を掲げた。その三本指の中央に四方から青銀の粒子が集まっていく。あっという間に丸い珠《たま》となったそれは、まるで宝珠のようだ。

それをそっと舟へ載せた。まばゆい閃光《せんこう》が拡散し、すぐさま溶け込むように消えていった。

もとより煌めいていた帆は、さらに明度を増し、舟自体も光のベールに包まれた。

『さらに、見栄えが上がったぞ』

応龍は満足そうだが、湊なら派手だと言うだろう。

ともあれ、その光は常人の視界には映らない。やけに目の優れたいづも屋の店員は見た途端、度肝を抜かれるかもしれないけれども。

さて、次は麒麟の出番である。霊亀の抜け殻を張った舟の正面に、麒麟が立った。

『では、わたくしめは、とことん悪縁を弾くようにします』

『ええ効果ぞい。売れること間違いなしぞい』

『ですよね』

うんうんと頷く霊亀に、笑いかけた麒麟が前足を挙げると、その足元に光が半円に広がった。

煌々《こうこう》とまばゆいその場へ、石灯籠から弾丸のごとき疾さで近づいていく小さな影があった。

目覚めた鳳凰である。

木彫りに集中する湊がいる縁側の下方、ピンクの残像が弧を描いた。羽を閉じて短いおみ足を高速回転させ、ひた走る。

けれども、クスノキの木陰へたどり着いた時には、光は収まり、麒麟が小躍りして足を踏み鳴らしていた。

『間にあわんかったか……！』

『いま終わったところぞい。鳳凰や、ちと起きるのが遅かったの』

羽をバタつかせ、飛び跳ねて悔しがる鳳凰を霊亀がなだめた。

鳳凰も加護を与えるのに参加したがっていたのだが、なにぶん頻繁に眠り込むため、今回は鳳凰抜きで行っていた。

『鳳凰は、あまり加護をやらんほうがええぞい。せっかくそこまで快復したんだからの』

『……うむ』

まだその身は小さいままだが、本物のひよこに劣らない歩行速度を出せるようになっていた。

『そうですよ。なにかと人間に加護を振りまくせいで、快復が遅れていたのですから』

心配そうな麒麟の真向かいの応龍は無言だ。

麒麟が加護を与えた方の舟を凝視していたその眼が動き、麒麟へ流れた。

『いまいち光が弱いな。さては、加護を惜しんだな』

『――そうでしょうか……』

心当たりがあるのか、麒麟は喰ってかからなかった。ちらりと応龍の方の一艘を見る。そちらのほうがやや明るい。

『では、応龍殿と同じくらいにします――』

その蹄《ひづめ》の下に、ごく小さき珠ができる。

『量が少ないな』

『むっ。では、これでどうですか……！』

倍のサイズへ。眼を眇めた応龍が鼻を鳴らす。

『高く売れるお手伝いをするんだろう？』

『ならば、これなら文句はないでしょう！』

舟を十艘包んであまりある大珠へ。

「え、何事？」

不穏な気配を感じた湊が顔を庭へ向けたら、エイヤッと麒麟の足が舟にかぶさるところだった。

――四霊の加護の色は、湊には見えていない。

不可解そうながらも、湊は作業に戻った。

一方、クスノキの木陰で円陣を組む四霊は、糸目になっている。その中央に、太陽ばりの光の塊と化した舟がある。

鳳凰は片翼で顔面を覆い、その光を遮った。

『さすがに、これは……』

『与えすぎぞい』

霊亀にまで呆れられ、プイッと麒麟がそっぽを向いた。

珍しく応龍が援護する。

『まぁ、いいのではないか。いままで惜しんできた加護を一気に与えたようなものだろう』

鳳凰と霊亀が眼を見交わす。

『――確かにな。よい値がつくのだけは間違いない』

『まぁ、そうだの。きっと湊も喜ぶぞい』

和やかな空気になって、麒麟の尾がシュルンと軽快に振れた。


四霊誰ひとりとして、まったく深く考えていないが、ただでさえ神木クスノキと霊亀の抜け殻を用い、破邪の力と招福効果があった。

そこに麒麟の加護がふんだんに加わったのだ。

いったいどれほどの金銭的価値になるのか。

縁側でヘソ天で寝ている山の神ですら、予想もつかないに違いない。


ンゴゴゴ……。縁側で時折あがるいびきに、サリサリと刃物を研ぐ音が交じる。

木彫りを終えた湊が立手水鉢で砥石《といし》を用いて、彫刻刀を研いでいた。

手水鉢を彩っていたダリアたちは山神の瞬き一つで姿を消し、神水の張ったそこで行っている。

「腰が楽でいい」

深く膝を折る必要もなく、作業性も抜群である。

鼻歌交じりに作業をしていると、その横顔を注視するモノがいた。

いつもののぞき魔麒麟ではなく、神霊だ。

石灯籠から出て、その下方の藤の鉢――紫の簾《すだれ》の隙間に黒眼が見え隠れしている。

湊は、鋭きその視線を感じており、研いだ彫刻刀を小刀に持ち替えつつも、内心驚いていた。とはいえ何かしら反応しようものなら、逃げられる恐れがある。ゆえにそのまま普段通りに振舞えばいい。

いつしか作業に集中してしまい、気がついたら神霊に背後を取られていた。

――!?

湊は胸中ですくみ上がりつつも、表面には出さなかった。


エゾモモンガは、縁側の柱の陰から彫刻刀を研ぐ湊を見ている。サリサリと絶え間ない音がするそこへ向かい、踏み出す。

数歩でズベシャッとすっ転んだ。ものの見事に顔面と腹を強打した。

「えっ」

派手な音が聞こえ、思わず湊が振り向くと、跳ね起きたエゾモモンガが逃げ出した。

石灯籠へ向かうも、その動きは異様にぎこちない。

なぜなら――。

「なんで二本足で歩いてるんだ……」

体を起こして短い後ろ足を前へ繰り出し、よたよたと進む。だがやはり、四足歩行仕様のその体で二足歩行は厳しい。立手水鉢と石灯籠の中間あたりで、またも蹴躓《けつまず》いて倒れてしまった。

たまらず湊が近づくと飛び上がり、四足歩行で駆け出す。活きはいいようでも、その本来の動作もぎこちなく違和感があった。

どうにもできず立ち尽くした湊が、ポツリとつぶやく。

「そうか、トリカが言っていた『まだ慣れてない』ってその体にって意味だったのか」

エゾモモンガの体は、山神によって与えられたモノだ。もともとの体と大きく違うのかもしれない。

思っていれば、縁側の山神が寝返りを打ち、その両眼がうっすら開いた。

「左様。まだあの身を動かすのもままならぬ。あやつは、元人型であったゆえ」

「あー、やっぱり。だから後ろ足だけで歩こうとするんだね」

その神霊が、藤の花に隠れてこちらをうかがっている。

怖い。けれども興味は隠せない。

どこか素直なその挙動は、まるで幼い子どものようだ。

「神降ろしを行われた時、まだ生まれてさほど経っておらんかったようぞ」

「そうなんだ……」

「剣に閉じ込められておった期間もそれなりに長かったようだが、誰とも接することなかったのであろうな。中身はさして育っておらぬ」

「――じゃあ、まだ子どもなんだね」

花の簾の間から顔を突き出した。むくれたその顔つきは不満げだ。

――ピピピッ。突然、スマホの軽やかな音が鳴った。

時間を忘れて没頭するのを防止するため、アラームをかけていたのだった。

山神が口を浅く開け、盛大に尾を振る。

「ほれ、休憩時間ぞ」

むろんお菓子付きである。期待からその周囲に風が巻き起こっている。

「もうそんなに時間経ってたんだ……」

音を止めるべく、湊は縁側へ向かった。


とにもかくにも、休憩である。

山神には当然ながら和菓子を、湊は激辛せんべいを。そして、神霊にはハウスみかんを。

縁側の下方、地面にテーブル代わりの角材を設置し、皿に盛ったみかんを置いた。もちろん皮はむいてある。

「よかったら、ここでどうぞ」

声をかけたら、エゾモモンガは意外にもすぐにやってきた。まろぶように駆け寄り、オレンジ色の房へ鼻を寄せて香りを嗅ぐ。

それから、じっと上目で湊を見上げた。


――神霊もわかっている。湊は自らを害する者ではないことを。

いくら精神が幼かろうが、曲がりなりにも神である。

魂――本質を視て知っていた。

山神は神霊に体を与えただけで、その性質は何も変えておらず、元のままになっている。

エゾモモンガは一房を両手で持ち、嚙みついて薄皮をはいだ。中の果肉だけを巧みに食べている。

夏みかんをダメにしてしまった時に比べたら雲泥の差だ。

まだ口周りを汚してしまうのはご愛嬌《あいきょう》であろう。

「お上手になって……」

湊がつぶやくと、どこか得意げな雰囲気になった神霊だったが、ふすっと山神が鼻で笑うと、かすかに胴震いした。

おや、と湊が疑問に思っていると、山神は素知らぬ顔であんころ餅にかぶりついた。

第8章 播磨家家訓、使えるものは使うべし

住宅地からやや離れた洋館は、静まり返っていた。

月明かりに浮かび上がる外観は、随所に優美な装飾が施され、重厚感に満ちている。歳月を偲《しの》ばせる古びた佇まいに加え、庭も荒れ果てていて、ただただ不気味でしかない。

かつてさるお大尽の住まいだったこの洋館は現在、空き家となっている。

その正面玄関前に、洋装と和装の男が佇んでいた。

播磨と葛木である。ここに巣食う悪霊を祓うべく訪れたばかりだ。

葛木はパナマ帽のツバを上げ、外観をひと通り眺めた。しばらくして何事かに合点《がてん》がいったように頷く。

「この迎賓館《げいひんかん》みてぇな造り、どこかで見たような気がすると思ったら、あれだ。お前さんちと似てんな」

「確かにおっしゃる通りですが、うちはちゃんと手入れしていますから、こんなに荒れていませんよ」

不本意そうな播磨は、玄関の鍵を開けた。事前に不動産会社から鍵は預かってある。

ゆっくりと扉を開けた。その瞬間、瘴気が漏れ出した。

播磨が顔をしかめ、葛木は耳の横を煩わしげに払う。館内に悪霊が巣食っているのは先刻承知のため、あえてその事柄には触れず、軽口を叩いた。

「そうだな。お前さんち結構な年代物の館なのに、いつでも綺麗に保ってるよな。あれだけデカいなら維持管理が大変だろ」

「そうですね。そこそこ金食い虫ですよ」

「和風建築の俺んとこもだけどな。修繕費がかかってしょうがねぇわ」

同時にため息をついた。両家とも、なかなかの旧家だけに似た悩みを抱えている。

その二人の視界に映った館内は、ほの明るい。建物に不似合いな非常灯が灯っているおかげだ。

播磨が先に戸口をくぐり、そのあと玄関ホールへ入った葛木がかすかに胴震いした。

「うわ、寒みぃ。いま梅雨だってぇのに……。悪霊がわんさかいるせいもあるだろうが、石造りって異様に冷えるよな」

やけに声が反響する中、縦に並んで進む。すぐに現れたのは、大理石の大階段。途中から左右へ分かれる構造になっている。その片方——手すりの隙間をすり抜けた黒い獣が跳んだ。

迫りくるその悪霊に、播磨は刀印を結んだ指を向けた。

中空で悪霊が爆散。あっさり祓い終え、足を止めることもなかった二人は会話を続ける。

「この手の造りの建物は、冬はもっと寒いですよ。底冷えしますから、毎年、暖房代が頭の痛い問題ですね」

「こたつはいいぞ～。お前さんちには似合わんだろうけど」

「――そうですね」

こだわりの強い両親は受け入れまい。

思う播磨だが、年中国内を飛び回っているため、あまり本家には戻らない生活を送っている。

播磨は吹き抜けの天井を見上げたあと、葛木へ目を向けた。

「とりあえず、一階から片付けましょうか」

「おう、そうだな」

角を折れると、厚い絨毯の敷かれた廊下が一直線に延びていた。

アーチを描く天井、鈍い光を放つシャンデリア。片側の壁面には、いくつもの扉が並び、反対側には絵画が掛かっている。それに描かれた人々の等身は、二人と変わらない。

何もかも日本の個人宅の規格から逸脱していた。

「なんじゃこりゃ、美術館かよ。しかも扉多すぎだろ。いくつ部屋があるんだよ……」

葛木が呆れたように言うや、播磨は涼しげな声で答える。

「資料によると、小部屋も含めて三十でしたね。うちとあまり変わらないようです」

葛木が口元をもごもごさせたのは、予想以上だったからだろう。

「よしきた。一号二号、出番だぞ～」

気を取り直し、懐から形代を取り出して宙へ放った。

すぐさま実体を取ったのは、サメとペンギン。式神たちは言葉も合図もなく二手に分かれ、天井と廊下の隅へ飛んだ。

そこに、はびこるまだ形を取れない悪霊を、まずは大口を開けてその牙で嚙み砕《くだ》いて、まずはクチバシで仕留めて。それぞれの武器を用いて、捕食しはじめた。

もし声が出ていたなら、高笑いでもしていそうな雰囲気である。

「こら、五号。お前さんの出番はまだだって」

葛木の懐で形代が暴れている。己も食べたいと不満を訴えていた。

本来式神は、術者の霊力を注がれて実体化するモノであり、形代の状態では動けないモノだ。

けれども葛木の持つ三体の式神は、生ける伝説と名高い彼の父によってつくられたため、他の術者の使役する式神とは一線を画す存在となっている。


式神たちが廊下を飛んで、歩いて戻ってくる。葛木が形代をなだめているうちに、見える範囲にいた悪霊を喰らい尽くしていた。

絨毯の上をペトペト歩いてきたペンギンが、扉前に立つ播磨の足元で止まる。

見上げるその顔で『はよ扉開けて』と急《せ》かす。式神は大飯《おおめし》食らいゆえ、まだ腹が満たされていなかった。

「相変わらず、よく喰うな……」

『当然だろい！』

ペンギンはクチバシを開閉させ、フリッパーをバタつかせた。

式神たちは葛木と思念で言葉を交わせても、播磨とはできない。さりとて、わかりやすい挙動でその意図は汲《く》むことは可能だ。付き合いが長いおかげでもあろう。

無言の播磨は鍵を開けた。扉を開けると、隙間からペンギンが滑り込み、そのあとに続こうとしたらサメに割り込まれた。その身をミチッと扉へ押しつけられる。

ウリウリと無理やり体をねじ込んできたサメが過ぎゆく途中『どいた、どいた〜』と眼で告げていった。

播磨は物言いたげに振り返る。背後にいた葛木が、ニッカリと歯を見せて笑った。

「うちの腹減りたちがすまんな」

ちっとも悪びれていない。

葛木はとことん式神に甘い。基本的に彼らの自由にさせているものの、悪霊を根こそぎ喰らってくれるおかげで、組んだ陰陽師から苦情が出ることはほとんどない。

「――頼もしいですけどね……」

播磨とて大きな不満はない。ただちょっと出張りすぎではないかと思うだけである。

ビチャビチャ、ぐちゃぐちゃっ。積極的には聞きたくない咀嚼音《そしゃくおん》が木霊する室内へ、播磨と葛木も踏み込んだ。

だだっ広い空間に、調度品は一つも残されておらず、隠れる所はさしてない。窓から差し込む月光に照らされた暖炉くらいだろう。

案の定、そこへ集まった式神たちがお食事中だった。

部屋の中央で首をめぐらす播磨の傍ら、聴覚をフルに活用した葛木が暖炉へ歩み寄る。

「悪霊は暖炉にしかいないみたいだな」

二人は、ヘドロ状の悪霊を喰らう式神たちを眺める。その二匹にかかる月光が影によって遮られた。

播磨の眼球が動く。縦長のガラス窓に人型の悪霊がへばりついていた。黒く染まった顔の中に、真っ赤な目が二つ。その残光を引き、窓をすり抜けた人影が式神たちへ襲いかかった。

式神は、弱い悪霊しか捕食できない。明確に形をなした悪霊を相手取るには、分が悪い。

弾かれたように式神たちが面を上げた時、迫りかけていた人影は播磨によって祓われていた。砂塵のように散りゆく悪霊の残滓《ざんし》を刀印を結んだ手で斬り払った。

宙に浮いたサメが大口を開けて礼をいう。

『あんがと、播磨の坊《ぼん》』

「気にするな。その代わり、雑魚を頼む」

ちなみに播磨は、式神たちに〝播磨の坊〟と呼ばれているのを知らない。

『合点承知！』とヒレ、フリッパーで応えた二匹は、暖炉の煙突に突っ込んでいった。

「――戻ってきたら真っ黒に汚れてるんだろうな……」

葛木が乾いた笑いを漏らす。

「まぁ、洗濯機で丸洗いすりゃ、すぐ綺麗になるからいいけどよ」

「つくづく変わっていますよね。葛木さんが使役する式神以外でぬいぐるみの型は見たことありませんよ」

「だろ。全員、親父《おやじ》が昔つくった物なんだが、預けられてそのままになってるんだよ。っっても便利でなぁ。助かる助かる」

朗らかに笑う葛木を見ながら、播磨は前々から気になっていたことを尋ねた。

「でも、一体も連れていない時もありますよね」

「ああ、たまにそろって親父に会いにいくからな」

「――なんというか、自由ですね」

「面白かわいいだろ。お前さんは式神持たないのか？」

「持ったことありませんね」

「いいもんだぞ、癒やされるし」

「本来の用途からかけ離れているようですが……。――でもそうですね、もし式神を持つなら調伏したモノがいいです」

「あー……」

不敵に笑う播磨を見やり、葛木は帽子をかぶり直した。

「いまのご時世、強い妖怪なんて滅多にいねぇからなぁ。難しそうだ」

何も式神は一からつくらずともよい。妖怪を調伏して自らの式神とする方法もある。

陰陽師たちはその昔、自らの力量を誇示するため、いかに強力な妖怪を調伏して己が式神とするかと躍起になっていたものだ。

とはいえ、返り討ちにあった者も少なくない。

「そうですね、残念といえば残念です。――いないからこそいいともいえますが」

「ああ、いないに越したことはねぇよ。平和が一番だよな」

話しながら、二人は部屋をあとにした。

それから、先回りした式神たちが粘液状の悪霊を根こそぎ食べている所に、邪魔するように現れる形をなした悪霊たちを陰陽師たちが祓っていった。


そうして最後、最上階の角部屋を残すのみとなった。

部屋の中央で背中合わせの播磨と葛木を、何体もの悪霊が取り囲んでいた。獣型、人型、虫型。いずれも中心の二人を凌ぐ体格を有し、一つとして同じ形はない。まるで悪霊の見本市のようだ。

飛びかかってきた獣の頭部へ符を叩きつけ、葛木が顔をしかめた。

「しっかしまぁ、よくこれだけの数がここにたむろしたもんだ。――それに、こいつらなんかいやに強くねぇか……」

「そんな気がします。――妙ですね」

普段通り話す二人に、絶え間なく悪霊が襲いかかる。

播磨は人型の悪霊をすんででかわし、呪を唱えて九字を切った。半円を描いていた悪霊たちが膨張し、破裂。一気に数が減り、残りは獣型ばかりになった。

悪霊はその形の性質が色濃く出るため、獣型なら獣のままだといっていい。動きが直線的でわかりやすく、狙いやすい。

ゆえに播磨はつい、間合いに突進してきた悪霊の横っ面を殴りつけてしまった。

その手の甲に湊が祓いの力を込めて書いた家紋はないうえ、護符も仕込んでいないにもかかわらず。ただの拳――たとえ瓦をあっさり割り砕く威力があろうと、悪霊に毛ほどもダメージを与えられはしない。


悪霊の急激に伸びた爪が播磨の頬を掠《かす》った。

流れる二条の血を拭いもせず、印を結んで飛び退る悪霊を木《こ》っ端《ぱ》微《み》塵《じん》に変えた。

肩越しに振り向いた葛木の呆れた様子に、バツの悪そうな表情になる。

「つい反射で手が出てしまいまして……」

「変なクセがつくのは、まずいねぇ。耳タコだろうけど、どれだけ素手で殴っても悪霊は祓えんからな」

「――はい、肝に銘じます」

「ま、今日はこれで終わりだからいいだろ」

その言葉が終わるや、戸口からサメとペンギンが入室してきた。予想通り、その身は盛大に煤をまとってまっくろけになっていた。

「おう、お前さんたち、お疲れさん。でもちょっと待てよ、そのままじゃ俺の懐が汚れ――ちょっ、待てって！」

『我らを労え～！』と、はしゃいだサメとペンギンが葛木へ殺到し、その身をギュウギュウと押しつけた。

式神たちは葛木を兄弟――長兄だと思っており、甘えている。生まれた方法は違えど、父を同じくする存在だからだ。

播磨は黒く汚れていく葛木を眺めつつ、血の付いた頬をハンカチで拭った。

冴《さ》え冴《ざ》えとした月光を背にした洋館の敷地から、播磨と葛木が出てきた。

錆《さ》びついた音を響かせ、播磨は門を閉ざす。静寂を破らぬよう施錠していると、足音が近づいてきた。

門は通りに面している。そこを隔て、うっそうとした藪が広がるあたりには、街灯も乏しく足元も危うい。この一帯全体的に同じような景観が続き、不審者や幽霊が出るとの噂《うわさ》もある。

そのため、この道は最寄りの駅から住宅地への近道であっても、好んで利用する者は少ないのだが――。

播磨と葛木が目を見交わしたあと、暗がりから人影が現れた。同時、風に乗った酒気も漂ってくる。

酔っぱらいかと播磨が思っていたら、覚束《おぼつか》ない足取りの中年男もこちらに気づいた。

目を眇めて近寄ってくるや、突然激昂《げきこう》する。

「アンタら、退魔師だな!?」

「いいえ、違いますよ」

播磨が反射的に否定するも、男は聞く耳を持たない。

「今時、和服着てるやつなんて退魔師ぐらいだろ！　ほら、やっぱりそうだ！　そこにけったいなもん持ってやがるじゃねぇか！」

葛木の懐を指差し、後ずさった。

男の言う通り、不自然に盛り上がったコブが動いている。少しばかり落ちつかない式神を、葛木はさりげなく押さえてなだめる。

播磨はやむをえず、素性を打ち明けようと口を開いた。

「我々は退魔師ではなく、この洋館に悪霊祓いにきた陰陽――」

「悪霊だと!?　そんなもんいるわけねぇだろうが！　まだそんな法螺《ほら》吹いてんのか！」

赤ら顔をさらに赤くして喚《わめ》く男は、退魔師に恨みがあるらしい。

実のところ、こういう者はそれなりに多い。退魔師が各地で悪どい商売をするとばっちりを陰陽師が受ける羽目になっている。

頭の痛い問題だ。警察がいくら取り締まったところで、詐欺まがいの行為を働く者は雨後の筍《たけのこ》のように発生する。

かといって退魔師すべてが悪人でもない。現役の陰陽師でも敵《かな》わない葛木の父のような者もいるうえ、時に協力しあうこともある。

ともあれ中年男は、退魔師の被害者に違いない。

どうしたものか、と播磨が悩む時間はわずかで済んだ。


「いかがされましたか。こんな夜更けに」

突如、背後から声をかけられ、播磨の肩がかすかに跳ねた。

いやでも聞き慣れた女性の声だった。

常の抑揚の乏しさをかなぐり捨て、やわらかさを孕《はら》んだその声色にうっすら寒気を覚えるも、この場を収めるには申し分なかろう。

播磨がかえりみた時同じくして、酔っぱらいがあんぐりと口を開けた。

カツコツと硬質な靴音を響かせ、妙齢なる女性が近づいてくる。

肉感的な姿態を黒のスーツで包み、陶器と見紛う肌が月明かりに負けぬほどの煌めきを放つ。横に払ったぬばたまの黒髪が光を反射する様は、まるで月から降臨した女神のよう。

播磨の姉、椿《つばき》だった。

しかも、その背後に親族六名を引き連れている。いずれも若く美形で、さらには全員が黒衣という物々しくかつ静かなる迫力に満ちていた。

スーパーモデルもかくやの足取りの椿は、酔っぱらいの前で止まった。生気の抜けた弟とにこやかな葛木を手で示す。

「こちらの者たちが、あなたになにか失礼をしましたか？」

左右対称の人形めいた美貌に笑みを浮かべ、かすかに首をかしげる。たったそれだけで、中年男の顔がさらに火照った。

「い、いや、あの……そのっ」

今し方までの威勢はどこへやら、椿の容姿と雰囲気に圧倒され、しどろもどろになった。けれどもねばつくような視線で、彼女の胸の谷間やらくびれた腰やら細い足首やら、全身を眺め回していた。

チッと播磨一族の後方でひそかな舌打ちがする。

「おい、おっさん、欲望垂れ流しのうす汚ぇ目で見るな。俺の椿さんが汚れるだろうが……！」

小声で悪態をつくのは、椿の伴侶だ。そんな彼を見やる者は誰一人いなかった。

ややあって、もごもごと不明瞭な言葉を漏らし、中年男はさかんに振り返りつつ、暗い道へ消えていった。厄介事は去ったのだ。

洋館の門前は静けさを取り戻し、姿勢を正した播磨才賀《さいが》が椿へ向き直った。

「播磨次官、ありがとうございます。お手数をおかけしました」

「気にするな。よくあることとはいえ、災難だったな」

椿は通常、砕けた男言葉で話す。こちらが常態のため、才賀は妙な安心感を覚えた。

「世話になったな、椿ちゃん」

葛木は昔から変わらぬ呼び名を口にした。

「いえ、お気になさらず。慣れておりますから」

淡い笑みを浮かべ、椿は答えた。

迫力のある美貌は、先ほどのようなイチャモンをつけてくる輩《やから》にはたいそう有効だ。たいてい怯《ひる》んで逃げ出す。

播磨の一族は神の血を引いているおかげで容姿に恵まれ、才賀を除く全員がそれを武器として利用している。女性のクレーマーには、才賀の顔面が役立つこともあるのだけれども。


突然、才賀は背後からガシリと肩を組まれた。

「よお、義弟《ぎてい》。相変わらず堅苦しい態度だな。ひさびさに会ったんだし、いつも通り俺の椿さんを姉上って呼べばいいだろ」

顔をのぞき込むようにしながら、義兄は爽やかに笑った。姉と並んでも見劣りしない容貌をして、上背もある。何かにつけて姉を我がものと主張する男だが『俺の椿さん、マジ女神』が口癖の熱烈な信奉者でもある。

姉を下にも置かないほど大事にしてくれるから、文句などあろうはずもなく、夫婦仲がよいことも大変喜ばしいことだ。

ただちょっと、ウザいだけである。

才賀は前方を見たまま、素っ気なく言い放つ。

「今は、仕事中ですので」

「いやだね〜、この男は。いつまで経っても無愛想で堅物すぎる！」

「あなたが軽すぎるんですよ、お義兄《にい》さん」

ぎゃあ！　と大げさに叫び、離れた義兄は忙しなく二の腕を擦った。

「お前にお義兄さん呼びされるとか、無理！　鳥肌立った！」

そっちも義弟呼びはよせ。

軽くなった肩を動かす才賀は、その台詞を喉でとどめた。

こんな彼らだが、至って仲は良好だ。

播磨家の女たちは、幼少期に必ず婚約するため、みんな長い付き合いになる。

義兄と才賀は歳《とし》が近く、同じ学舎だったこともあり、長年先輩後輩という間柄のほうが強かった。

軽く言いあう才賀と義兄の後方で、親族の一人がキョロキョロと周囲を見渡した。

「ねぇねぇ、このあたりって、翡翠の方のお住まいの近くなんでしょ？」

「ちょっと離れてるみたいよ」

「偶然出会えたりしないかなぁ？」

「こんな時間に？　まさか、ありえないわ。夜遊びするタイプに神様方が集うわけないでしょう」

「それもそうね。ざんねーん」

「けど、すっごくまぶしいらしいから、疲れてる今日は会えなくてよかったんじゃないかしら」

「それもそうね。せっかくお会いできるなら体調が万全の時がいいわね」

コソコソとささやきあっているが、才賀には丸聞こえだった。彼女たちが湊に会いたがるのは、好奇心と尊敬からだ。ただの人の身でありながら、神の力を行使するのだから。


「才賀、まだ仕事は残っているのか」

椿が問いかけてきた。姉一行も割合い近くで、仕事を済ませてきたという。

「はい、あと一件です」

椿の流し目が、才賀の浅い傷の入った頬で止まった。

「そうか、気をつけろよ」

その相貌は何もかもお見通しのようで、才賀の目が泳ぐ。けれども椿はそれに触れることはなかった。

「――では、我々は先に失礼する。今から食事にいかねばならんのでな」

真顔で告げるその背後の親族たちも胸の前で拳を握りしめ、首を縦に振っている。

遅くなろうがなんだろうが、飯だけは食う。それが彼女たちの信条である。

「あったかいご飯のあとは、温泉に入りたい〜い」

「さんせーい。椿様、いきましょうよー！」

「俺の椿さんがもっと美しくなるから大賛成〜！」

「やだ、また惚気《のろけ》けてるー！　も〜、私の婚約者くんに会いたくなったじゃなーい！」

「あたしも旦那さまの顔が見たい……。でもその前にご飯と温泉にいかなきゃいけませんわ！　椿様、参りましょ〜」

違和感なく男一人が溶け込んだ女系一族は、かしましい。片手を挙げて了承した椿は、葛木へ目礼して踵《きびす》を返《かえ》した。

ぞろぞろと集団が移動しはじめ、その中央にいた義兄が才賀へ声をかける。

「才賀、たまには帰ってこいよ。うちの姫たちも会いたがってる」

二人の姪《めい》のことだ。時折しか本家に戻らないため、いつの間にか増え、会うたびに育っていて毎回面食らっている。

「――そのうち戻ります」

「いつになるんだか……。ああ、それとあんまり面《ツラ》に怪我するなよ。男前が台無しになるぞ〜。じゃあな！」

ケラケラ笑った義兄は後ろ手を振り、女の一団のあとへ続いていった。


翌日の昼下がり。いまにもひと雨降りそうな天候の中、河川敷に佇む播磨と葛木が高架下を見上げていた。

黒い糸が簾のように垂れ下がり、地面にも地獄温泉のごとく湧く悪霊溜まりができていた。

「またか……」

播磨の口からうんざりとした不平がこぼれた。

「ここ、つい先日祓ったばかりなんですが……」

「そうなのか？　俺は昨日この地に来たから知らんかったわ。しかしまぁ、ひとまず片付けるか」

「はい」

播磨は前回、ここで起こった事を由良から報告を受けて知っている。悪霊祓い中に突然人型の悪霊が現れ、はびこる悪霊をむさぼり喰い出したことを。

そんな事態を繰り返すわけにはいかない。葛木と分かれて中央に追い込みながら祓う間も、播磨は周囲への警戒を怠らなかった。

激しく震える最後の悪霊溜まりを播磨が消し去った。

「結構早く終わりましたね」

「ああ、まぁ弱いモノたちだったからな。それに先日祓ったばっかりならこんなもんだろうよ」

「確かにそうですが――」

鋭利な悪霊の気配を捉え、言葉を切った。

勢いよく振り返ると、空中を一頭のシャチが泳いでくるところだった。灰色の空を背景に、背面の黒と腹面の白のコントラストが鮮やかに浮き上がっている。

そればかりか、口に悪霊――人型の胴体をがっぷり咥えていた。

その悪霊がどれだけ瘴気をまき散らし、暴れ喚こうともシャチが離すはずもなく、時折、煩わしそうに頭部を左右へ振って悪霊を絶叫させていた。

生かさず殺さずの光景は、あまりに恐ろしい。思わず播磨は口元を引きつらせた。

一方、後方から進み出た葛木は笑っている。

「久しぶりだな、三号。でかした！」

シャチ型の式神――三号は背びれを動かしてあいさつを返した。

この式神は普段、同型で配色が逆転した四号とともに葛木の父のもとにいる。

三号は葛木の斜め上で静止し、悪霊を突き出した。その様はまるで、仕留めた獲物を自慢するようだ。

「こりゃまた育った悪霊だな……。どこから拾ってきたんだ？」

尾びれで後方をさしたが、土手になっていて見えない。

「――向こうは……デカイ洋館のあたりか？」

シャチがコクコクと頷く間、葛木と播磨が目を見交わす。昨日、二人と播磨一族が祓ったばかりのその付近に、こうも強くなった悪霊がいるのはおかしいだろう。

両名が同じ心境に至った頃、悪霊がその身から濃い瘴気を放った。

が、即座にシャチの顎に力が入り、悪霊は力なく四肢を垂らした。

「三号、その悪霊もう喰っていいぞ」

葛木が許可を出すと、キランとシャチの眼が煌めき、悪霊を上空へ放り投げた。自重で落ちてきたそれを尾びれで跳ね上げ、また落ちてきたら今度は口で上空へ突き飛ばす。ポンポンとお手玉ように悪霊が宙を舞う。その回数が上がるにつれ、悪霊は目に見えて弱っていった。

悪霊は、人が素手で殴ったり蹴ったりしたところで、毛ほどもダメージは受けない。

けれども、術者によってつくられた式神なら話は別だ。

彼らの動力源は霊力であり、その身は霊力の塊ともいえる。とはいえ、こんな形をなした悪霊を手玉にとれる式神は極めて珍しい。

そんな三号に霊力を渡している葛木の父が、いかに強いかという証《あかし》でもある。


宙を泳ぎ回りつつ悪霊をいたぶり続けるシャチを見ていた葛木が、浅くため息を吐いた。

「三号、あんまり遊びすぎるなよ」

「――やはりあれは、遊んでいるんですね」

凄惨な殺戮《さつりく》シーンをできるだけ視界から外そうと努める播磨の顔色は悪い。

「ああ、実際のシャチに似せてあるからな。本物も狩りの時に遊ぶようなやつだろ。まったく怖いね～」

半笑いな葛木のそばで、三号は動かなくなった悪霊を一呑みで喰らった。くるりと回遊したあと葛木の前で止まり、口を開閉させる。

「お、親父帰ってくるのか。いつだ？　なに、まだ決めてない？　親父はよう……。日時をはっきり決めてから伝達しろっていつも言ってるだろうに……」

ジェスチャーで会話が繰り広げられるその傍ら、播磨は顎に手を当て、何事かを思案していた。

第9章 褒美をつかわす

庭の一角に楚々と佇む立手水鉢は、ひそかに人気スポットと化している。

今日も朝から仕事を済ませた湊と四霊がこぞって集っていた。立手水鉢の縁にいる四匹は水に濡れているが、まったく気にしていない。

筧から流れ落ちる神水が、手水鉢を彩る花々に活力を与えている。その手前に立つ湊も目一杯恩恵に授かっていた。腰に手を当て、グラスを呷った。

その喉が動く様子を見ながら、麒麟が訳知り顔で告げる。

『わたくしめ、知っております。これが仕事のあとの格別な一杯！　というものですね』

『うむ、今日も存分に働いたゆえ、大いに飲めばよろしかろう』

応龍が頷けば、長いヒゲがなびいた。

ぷはっと息継ぎした湊は、顎を伝った水滴を首に掛けたタオルで拭った。

「うまい！　もう一杯飲もう」

『うむ、好きなだけ飲めばいい』

クチバシを上げた鳳凰が脇へよけ、湊は礼を述べながらグラスへ注いだ。

今度は味わって飲んでいると、四霊も好きに飲み出した。

「みんなもよく水飲むよね」

『酒とはまた違ったよさがあるぞい』

霊亀が首を縦に振りつつ答え、その傍らの麒麟が湊に問いかける。

『湊殿、ここから流れ落ちる水、日替わりで味が違うことに気づいておいでてでしょうか』

「ん？」

もちろんその声が聞こえない湊は、味の変化にも気づいていない。

『それぞれ異なる山から流れてきているのですよ。山神殿の山と他三山《さんざん》からですね』

気にすることなく続けた麒麟は、やや自慢げに胸を張る。

『それはともかく、味の違いがわかるわたくしめは、今日の水がどちらの山からか、もちろんすぐさま！　即座に！　わかりましたよ』

『くどい』

ジロリと横目で見やる応龍にツッコまれ、麒麟が咳払《せきばら》いしてキリッと澄んだ表情に変わった。

『この国で一番標高の高い霊山の水です。間違いありません』

『ああ、そうか。味に覚えがあると思ったら、あそこの水であったか』

ピピッとさえずる鳳凰も飲んだことがあるらしい。

『ほう、そうかの。水の産地を言い当てることができるとは、汝《なれ》らはしょっちゅう至る所へ出向くだけはあるぞい』

霊亀が感心するも、湊には皆がやんやと顔を突き合わせているようにしか見えていない。内容は知れずとも、仲がよくて何よりだと思っている。

『それに、この花々――』

麒麟が眼下の花手水を見るや、次々につられて目を向け、もちろん湊もそれに倣う。

「この花たち、山神さんが生けた時のままだよね。あれから何日か経ったけど全然萎《しお》れたり枯れたりしてない」

つんと一輪を指先で突くと、深く沈んでゆっくり浮上してくる。それらは不思議なことに花独特の青臭さもなく、茎がぬるつくこともない。

「イキイキしてるのは、やっぱり水のおかげかな。水道水とは違うもんだね」

麒麟が湊を上目で見た。

『それだけではありません。花も特別だからです』

『しからば、其《そ》の方はこれらもどこのモノかわかると？』

応龍に問われ、麒麟は首を横へ振る。やや悔しげだ。

『いいえ、残念ながら。人界でつくられたものではないとだけは断言できますが……。水といい花といい、山神殿はさまざまな伝手をお持ちのようですね』

『そのあたりを湊にはまったく言わんところがな……』

霊亀が遠い目をする横で、鳳凰は小首をかしげる。

『単に言い忘れているではないのか？』

『その可能性もなきにしもあらずですが、湊殿の祓いの力が翡翠の色を帯びているというのも、長らく伝えていなかったようですよ』

麒麟が暴露すると、同胞たちが酢でも飲んだような顔になって、一斉に湊を見上げた。

全員の雰囲気が同情を含んでいて、湊がたじろぐ。

「なに？　俺がどうかした……？」

求む、通訳。こういう時、湊は切実に願う。


その声なき望みに応えるかのごとく、救世主かもしれないモノが現れた。

「邪魔するぞ」

山神である。優雅な足さばきで、裏門を抜けて入ってくる。

その背に眷属三匹を乗っけて。うつ伏せの彼らは四肢も尾もだらりと垂れ下がり、気を失っていた。

そんな彼らを目にしても、湊が慌てることはない、ままあることだからだ。眷属たちは厳しい修行の果てに力尽きたのだと知っている。

「山神さん、早く温泉に入れてあげてよ」

とはいえ早口で温泉へ促した。入ったらたちまち元気になるからである。

「うむ」

山神はまったく急ぐこともない。のったり庭を横切って露天風呂へ向かい、囲い石の手前で足を止めた。

「ほれ、着いたぞ。いつのもののように飛び込むがよい」

反応がない。ただの毛皮のようだ。

深々とため息を吐き、山神は眼を眇めた。

「根性が足りぬわ……。致し方なし」

勢いよく体をひねって傾け、眷属たちを湯気立つ温泉めがけて投げ飛ばす。中央あたりに鋭角の水柱が三本立ち、ぶくぶくと沈んでいった。


その光景を遠目に眺めていた湊たちが口々に感想を述べる。

「相変わらずの手荒さ……。山神さんもうちょっと優しく……！」

『最後は荒々しかったですが、ここまで運んであげるだけ優しいとわたくしめは思います』

『そうぞい。温泉に入れればすぐに復活するからの。多少の荒さなどさして問題でもないぞい』

『然り』

『ああ、もうしゃっきりなったからな。素晴らしき温泉効果よ』

そこそこ厳しい長老たちと湊が見つめる先、三つの頭部が湯の表面に浮き上がった。

囲いの石に前足のみを乗せ、山神は高みから眷属たちを見下ろす。

「頭は冷えたか」

お湯だけど。遠くにいる湊がグラスを傾けつつ、内心で思った。

さておき、湯から頭部だけを出した眷属たちはずいぶん決まりが悪そうだ。

「――はい。申し訳ありませんでした」

「――面目ない」

「ちょっと焦っちゃって……」

セリ、トリカ、ウツギが順に告げるのを山神は黙って聞いていた。しばらくして冷然とした気配をゆるめた。

「飽くことなく同じことを続けられる粘り強さは、ぬしらの美点である」

声もやわらかく、眷属たちは固くしていた身から力を抜いた。


「山神さん、まずは褒めるようになってるね」

『注意した甲斐があったぞい』

耳をすませていた湊と霊亀は頷きあう。

以前はダメ出しから入っていたものだ。何事も厳しすぎたら相手の心が折れかねない。

何はともあれ最初は褒めるべし、と両名がこんこんと諭したことがあった。

けれども――。

「なれど、いまのぬしらの行いは、ただのバカの一つ覚えぞ」

眼を眇めた山神が鼻で笑い、眷属たちはうなだれた。

「なにゆえ同じやり方ばかりを繰り返す。なにゆえ手を変え品を変えぬ。たわけめ。ぬしらの頭におがくずを詰めた覚えはないぞ」

くどくどと山神の説教が聞こえる中、湊と霊亀は沈痛な表情を浮かべていた。

「お口の悪いことで……」

『山神はやはり山神ぞい』

他の面子《メンツ》も浅くため息をつき、苦く笑う湊がグラスを脇に置いた。

「でも、セリたちはめげない強い心を持っているから、大丈夫だよね」

『うむ、もうやる気になっている。見よ、あの面構えと気配を』

鳳凰が片翼で示す先、山神の弁を拝聴する眷属たちの顔は引きしまっていた。

「――それとも未熟なぬしらには、まだ早すぎたか」

山神の失望のにじんだ声を聞くや、眷属たちが一斉に湯から飛び出す。小径に降り立ち、横並びになった三匹が眼前の山神を見据えた。

なお思いっきり湯をかけられた山神の体毛は、ぺったり張り付き、威厳を失っている。

「そんなことはありません！　やれます」

セリが明瞭な声で宣言し、他二匹も嚙みつきそうな顔で頷いた。

「ならば、戻れ。やり遂げてみせるがよい」

満身から雫《しずく》をしたらせつつ、山神があおった直後、眷属たちが駆け出す。

「湊、お邪魔しました」

「騒がしくしてすまない。邪魔したな」

「またくるね～」

それぞれ湊へひと声かけ、塀を飛び越えて御山へ帰っていった。


四霊もそれぞれのお気に入りの場へ散り、よっこらせと山神は定位置——縁側の座布団に身を横たえた。もちろんその身は乾ききり、ふわふわのサラサラである。

シャランッと頭部を振ってその毛をなびかせ、深々と息をついた。それから眉間に浅くシワを寄せ、動かなくなった。何かを思案しているようだ。

山神は熟考に入ると、時を忘れる悪癖を持っている。豪奢な置き物と化し、数日経《すうじつた》ってから再起動を果たすことも珍しくない。

リビングからお盆を手に出てきた湊が、不動の大狼を目にした。

「あー……お茶、いらなかったか」

つぶやくと、金眼が湊へ向いた。

「お、頭だけどこかにお出かけしてたんじゃなかったんだね」

「——そこまで深く考えてはおらぬ」

「なにか思い悩むことでも？」

湯飲みを置くと、早速とばかりに鼻を寄せた。まずは香気を楽しむのも山神の癖だ。

「なあに、眷属らに褒美でもくれてやろうかと考えておったのよ」

「とてもいいと思うよ。セリたち頑張ってるしね。なんだかんだ言いながら、ちゃんと認めてるんだね」

眼を逸らした山神が素っ気なく告げる。

「まぁ、たまにはよかろうて」

何をおっしゃいますか、初めてでしょうに。

その台詞を発するのを、湊は笑顔を浮かべ、グッと喉を締めて止めた。下手な茶々を入れるものではない。万が一やる気を削《そ》いでしまったら眷属たちに申し訳が立たない。

「して、その褒美の品をなんにすべきかと思うてな。やはり洋菓子であろうか」

「もちろん喜ぶだろうけど、消え物だからね。せっかくだから、形に残る物のほうがいいんじゃないかな」

「形に残る……」

復唱した山神は軽く唸った。たいそう悩ましげだ。

ともにいる時間より、離れている時間のほうがはるかに長い一家ゆえ、もしかすると好みを把握していないのかもしれない。

「セリたちがほしい物や好きな物を知らないとか？」

「ありえぬ。すべて把握しておる」

「ああ、そうか。いつでも眷属の体を乗っ取れ……借りることができるなら——」

ジロリと流し目を送られ、言い直した。

「ずっとセリたちのことを監視……観察？　違うな……。なんにしろ、みてるってことだよね」

「左様。いまも山の中を駆け回っておるのが視界とは別の場所でみえておる。それぞれ別にな」

「——とんでもない頭してるんだね」

「我、山ぞ」

「あ、そうだった」

狼の姿を見慣れすぎて、時折忘れかける。

「じゃあ、把握してるわけだから、悩む必要ないよね……？」

「それが、あやつらの求める物の中に、形に残る物は一つとしてないのよ。あやつらは、おもに洋菓子のことしか頭にないゆえ」

「それってもしかしなくても、俺のせいだよね。なんかすみません」

湊は眉尻を下げ、後ろ首を掻いた。

眷属たちは、いつも大げさなくらい喜んでくれるから、頻繁に新しい洋菓子を食べさせている。

加えて彼らが生み出されてまもない頃——初めて口にしたのが、湊が与えた甘いお菓子だった。

ゆえに、筋金入りの甘味好きになってしまったに違いない。

反省している様子の湊を見て、山神は頭部を横へ振った。

「謝る必要はない。我は感謝しておる。甘味であれなんであれ、夢中になれるものを持てたことは大変よきことゆえ。――そうでなければ、存在すること自体に飽きかねぬ」

神とそれに付随する眷属は、永い時を生きる。

けれども中には、なんにも興味を持てず趣味もなく、起きているのすら億劫《おっくう》になって、眠りっぱなしになるモノも多いという。

「そっか、ならよかった。――でもセリたち、人に馴《な》れたいって言ってたから、人にも興味を持ちはじめたんじゃないかな」

「うむ、いまだろくに人間らと接しておらぬゆえ、思うことがあるようぞ」

ピコッと山神のヒゲが上下した。

「ふむ。これから先、あやつらが出かけることもあろう……。買い出しにもいきたがるやもしれぬ。ならばアレがよかろう。――袋を与えようぞ」

「袋？　ツムギが背負ってる風呂敷《ふろしき》みたいな物？」

「左様、まさにそれよ。天狐《てんこ》に与えられしあの風呂敷は、その神の命《めい》を遂行中という証である。神の世界の常識でもあるぞ」

「そうなんだ。誰かに対してなにかの効果があるとか？」

「他の神とその眷属らに『一切構うな、邪魔するでないわ』という牽制《けんせい》になる。もし邪魔立てしようものなら――」

やや上向いた山神は喉奥で笑い、その身の周囲でパリパリと電流が走った。

「――それはそれは……」

触らぬ神に祟《たた》りなし。

知らなくていい情報であろうと、湊はそれ以上聞かなかった。

思い立ったが吉日、とばかりに山神は早速、袋の製作に取りかかった。

座布団の上で獣の手を用い、白い物をこねている。以前神霊の器をつくった時と同じモノのようだが、はるかに大きい。山神の頭部に匹敵するサイズで、弾力性に富んだそれは、パン生地のようだ。

それを目にした湊が驚きの声をあげる。

「まさかの完全手作りとは……」

「むろん、皆そうであるぞ。そうでなければ、神が与えし物にならぬうえ、神の威光も示せぬ」

「なるほど。で、どんな物にするつもり？　ツムギとおそろいの風呂敷？」

大狼の鼻梁にシワが刻まれ、振り下ろされた前足の下で生地が潰れた。

「否、天狐《あやつ》とそろいなぞ御免こうむる」

軒裏へ向けてガルガル吠えたあと、ぺちゃんこにした生地を折り畳み、再びこね出した。

湊は何も見なかったことにして話を続ける。

「ツムギを見る時いつも思うんだけど、風呂敷は可愛《かわい》らしくても首がキツそうだよね。かといってバッグは持てないだろうし……。あ、リュックは？」

「うむ。悪くはないが、前足の可動を狭めぬか」

「動物用と人用は、ショルダーハーネスが違うんだよね。見せるからちょっと待ってて」

取ってきたノートパソコンを操作し、その画面を山神へ向ける。

「ほら、このウエアハーネスのタイプならいいんじゃないかな」

「うえあ……。これはアレであろう、ちょっき」

「せめてベストといってほしかった」

短い胴着に小型のリュックが装着されている代物だ。このタイプであれば、腕の動きを阻害せず体にも負担はかかるまい。

「リュックはかなり小さいけど、見た目の大きさは関係ないんだよね？　ツムギは、風呂敷包みからそれ以上の大きさの物を出すから」

「左様。中の広さは、その眷属の力量でいかほどにも拡張できるゆえ。――ならば、これでいこう」

しばしノートパソコンの画面を注視した山神は、おもむろに前足を動かした。爪をナイフのように使って生地を三等分し、一つをコロコロとなでるように回して、他も同じ手順を踏む。

球状になった三つを床へ並べたら、内側から光がにじむように灯った。

山神が湊を見やると、座卓に手をついて身を乗り出し、食い入るように見ている。呆れたように告げた。

「次になにが起きるか理解しておろうに。光が増すぞ、目を閉じるがよい」

「――わかってたけど見たかった……」

残念そうに座り直し、目を閉ざして両手で覆った。

手の甲が熱くなるほどの光を感じた途端、湊が声を張った。

「そうだ、山神さん！　それを完全に模倣するのはダメだよ！」

「なぬ？　なにゆえ？」

「売り物だから！　それと、それ犬用だし。セリたちにはサイズが合わないよ」

「うむ。ならば、ちょっきを眷属らの胴に合わせて小さくし、かつ長くし……りゅっくの形も変えて……」

庭の隅まで照らす光の中心で、山神が再度こねて微調整に励んだ。

なお川の中や石灯籠の中は影響がないため、そこにいるモノはのんびりしている。だが、屋根の上にいる麒麟だけは相応な光害を受け、己のたてがみで目元を覆っていた。

「色を変えるのもいいんじゃないかな」

湊が思いつきを提案すると、山神の前足が止まった。

「ぬぅ、何色にすべきか」

「セリたちも白いから、黒なら目立つよね」

「そうさな、一目で知れたほうがよかろう。——しかしただの黒では芸があるまい。光沢を入れようぞ」

視界を塞ぐ湊の前で山神は奮闘している。

「あと、軽いほうがいいよね」

「むろんぞ。決して重さを感じさせぬ、まさに羽根のごとく軽く……」

ピタリと動きを止めた山神は顎を上げる。

「むしろ重くし、着させて鍛錬させるのもよきか……？」

「褒美じゃなかったっけ？」

「うむ、やめておくか」

「それがよろしいかと思います」

湊の助言のおかげで眷属たちは余計な試練を免れた。

ややあって、山神が自信に満ちた声を発した。

「よし、これならばよかろう」

「お、楽しみ。手を外しても大丈夫？」

「まだぞ。これで仕上げである」

山神の体毛が逆立ち、その先端から無数の光の糸が放たれた。三方から弧を描いて、三つの珠を取り囲む。最後に閃光がほとばしり、屋根上の麒麟が悲鳴をあげて、光は収束した。

終わりを悟った湊がそろりと手を外すと、床に小ぶりなウエアハーネスが三つ並んでいた。細かな装飾――ベルトやポケットまで付いている。

光沢のある黒色は、角度によって濃紫《こむらさき》にも見える。これなら、さぞかし白い眷属たちに映えるだろう。

「すごい、画像とは似ても似つかない物になってる」

「そうであろう、そうであろう。ただの猿真似《さるまね》とはわけが違うぞ。このりゅっくの蓋であれば開けやすいであろう？」

「素晴らしい……！」

喉を晒してふんぞり返る山神を後目に、湊は両手に一つずつ持って上下させる。

「本当だ。重さをまったく感じない。人工物ではありえないな……。セリたち喜びそうだ。いつあげるの？」

「近々な」

「そっか」

確認している最中、珠が一つ残っていることに気づいた。

「あれ、なんで珠が残って……ああ、神霊用か」

神霊は現在、石灯籠で深い眠りについており、会話は聞こえていないという。

そう告げた山神は石灯籠を見ることもなく、手元へ小さき珠を引き寄せた。

「左様」

「神霊のも同じ物にするの？」

「いや、違うモノにしようと思うてな。なんにすべきか……」

腕を組んだ湊も悩む。

「褒美とは違うわけだし、なによりもまず体をうまく使いこなせるようになることが先だよね」

「そうさな」

「あ、歩行器とか？」

「——二本足で歩かせよと……？」

「そうだった、違うな……」

「あやつは今の身を受け入れておる。なにがなんでも人型に戻りたい気持ちは持っておらぬが、セリらにちと劣等感は持っておる」

「なんでまた……。仲良くできそうに見えたけど」

「セリらは器用であろう」

「確かに、人みたいに手先が器用だね。ああ、だからなおのこと、できない自分と比べてしまうのか」

「左様」

「じゃあやっぱり、まずは体を思うままに動かせるようにならないと」

開きっぱなしにしていたノートパソコンの画面が目に入った。そこには、子犬が夢中になって追いかけている物がある。

「——ボールがいいかも。追いかけたくてたまらない魅力的なボールとかどうかな」

つられて画面を見た山神が眼を眇めた。

「魅力か……」

「みかんの香りがするとか、転がした距離に応じて中のみかんが食べられるようになるとか。そういうのもよさそう」

みかんに絶対的な効果を感じているための発言である。

「うむ。ならば、しばし待て」

山神は裏門のほうへ向き直った。姿勢を正し、両眼を閉じる。耳も倒れ、口が浅く開閉している。

山神が眷属たちと念話する時と同じだ。

けれども、気配が静謐でいつもと様相が異なっている。

――もしかすると、眷属以外のモノと念話中なのかもしれない。

胸中で思う湊は、ただ座して見守った。

「――頼むぞ」

唐突に、明瞭に告げた山神は眼を開けた。湊がその視線を追った。

綿菓子状の雲が恐るべき速度でハの字に開き、虹のような放物線を描いて小さな黒い影が飛んでくる。それにともなって風がうなるも、庭に影響はない。

その元凶が庭の上へくるや、急速に減速して縁側へ落ちてきた。意外にもやわらかな所作で、座卓の上に鎮座した。

軽く口を開けた湊がまじまじと見入るのは、みかんだ。

小ぶりで表面はつやつや。一枚の葉っぱが付いたそれは、鏡餅の上に君臨するのがさぞ似合うであろう。

「ほれ、みかんぞ」

山神は、肩が凝ったとばかりに左右へ頭部を傾けた。

「あ、はい。あの……こちらはいずこからお越しに？」

「ここからやや離れた山からぞ。そこの神と知り合いゆえ」

「――よその山神様からか……。えーと、このみかんは、神様用だよね」

なんといっても、芳香が格別だ。まだむいてもいないにもかかわらず、みずみずしいみかんの香りが縁側一帯に漂うほどに強い。

『ほう、これはこれは珍しいみかんですね。世界中の果実という果実を食べ尽くしたわたくしめですら、食したことはありません。――やはりたくさん伝手をお持ちのようですね』

屋根に伏せた麒麟のつぶやきは、その下にいる湊にはもちろん聞こえなかった。

一方、聞こえている山神は麒麟に答えることなく、湊を見やった。

「神のモノとわかるようになったか。左様、このみかんは神気をふんだんにまとっておろう」

「うん。あと内側からうっすら光を放ってるのも見える」

ほう、と眼を見張った山神は、手招いてみかんを引き寄せる。白き珠を平たく伸ばし、みかんを包み込んだ。

再度、お約束の光の祭典を再演して出来上がったのは、ボールだ。神霊の体に合わせた、最適なサイズである。

湊はそれを手のひらに載せ、指先で転がす。

「固いけど、ほどよくやわらかくもある。よく転がって跳ねて、噛み心地《ごこち》もよさそうだ」

「よかろう。しかも中のみかんは、他の追随を許さぬ味と神の間で云われておる逸品ぞ。惹かれずにおられまいて。この人気のみかんを食したくば、ぼーるを十きろ転がさぬと出てこぬ仕掛けにしたぞ」

「長い、長すぎる！」

目の色を変えた湊が強く抗議した。

「――ならば、九きろに」

「もっと短く！　目標が遠すぎると続かないよ」

「三きろぞ。それ以上は一切妥協せぬ」

「それでいいんじゃないかな」

厳格な雰囲気を醸し出す山神に、湊は笑いかける。だいぶ短くなったから満足していた。

その手のひらにあるボールを山神が爪で触れると、淡い光が舞い踊り、すぐさま調整は終わった。

「これで歩行訓練、頑張ってくれるといいね」

「うむ。――ちと疲れたわ」

半眼の山神は大儀そうに座布団へ横たわった。心なしか毛並みがへタっている。力を行使したあとは休息を取らねばならない。けれどもその前に英気を養うべきだろう。

立ち上がった湊はリビングへ戻りざま、

「今日のおやつは、大福だよ」

と告げた。直後、見開かれた山神の眼に流星が流れ、被毛もふんわりと立ち上がった。

第10章　楠木（仮）邸の定期チェック日

楠木邸の敷地内外は、いつでも管理人によって整えられている。

むろん邸内も言わずもがな。ただでさえ極端に物が少なく生活感の欠片《かけら》もないのだが、今日はいつも以上に磨き上げられていた。

その仕事を成し遂げた湊が、リビングの中央に佇んでいる。モップを携えたまま、視線をあちこちへ投げた。

天井の梁《はり》、シーリングファン、家具類の上に埃はないか。床のツヤ具合は均等か、窓に指紋はないか。

問題なしと判断すると、最後に縁側を見た。そこに巨大な座布団はない。ついでに大狼もいない。

それればかりか四霊もそろって竜宮門から出かけており、神霊も山神とともに山へいっている。

つまり現在、楠木邸には湊一人しかいない。

しんと静まった邸内と庭が、普段以上に広く感じるのは気のせいだろうか。

ともあれ、そんな感傷に浸っている場合ではない。

「――よし、これならどこを見られても大丈夫だろう」

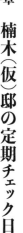

今日は、家のチェック日である。

この家には不定期に、家を相続した人物――榊《さかき》によって派遣された者が訪れている。その者の到着時間が迫っていた。

湊は掃除用具を片付け終え、洗面台の水滴を拭う最中、鏡に写る硬い表情の己と目があった。

「――きっと、大丈夫」

今一度気合いを入れ直し、自らを鼓舞した。

――決して、ボロを出さないように。


太陽が中天を過ぎた頃、畏《かしこ》まった服装の派遣者が来訪した。とりわけ特筆すべきものもない、平凡な三十路《みそじ》男である。

派遣者は玄関から入ってそのまま邸内を歩き回り、全室を見終えるや、にこやかに告げた。

「家の中は相変わらず、新築みたいですね」

ここまでものの数分しか経っていない。雑な仕事ぶりだ。後方に立つ湊は毎回思わず、ちゃんとチェックしていますか？　と問いただしたくなる。けれども――。

「そうですか、よかったです」

胡散《うさん》くさい笑顔でいってのけた。

「いや～、いつも綺麗にしていただいて本当にありがとうございます」

言い方は風船のように軽く、調子のよいことこの上ない。そういう性分なのだろう。

感じが悪いより、よほどいいともいえる。

派遣者がリビングを横切り、窓へ手を掛けた。

「では、お庭を見せてもらいますね」

「――はい、どうぞ」

湊の声は低くなり、表情も強張《こわば》った。

窓が開かれると、入り込んできた風が二人の頭髪を乱した。

「うわぁ、いつ見ても残念な庭だ。仕方ないですけどねぇ」

派遣者は縁側に踏み込み、際に立って庭を端から端まで眺めた。

「やっぱり、しょぼい庭木数本なんてこの家にはそぐわないですよね。コンクリートむき出しの窪《くぼ》みも風情がないなぁ」

そう、派遣者の視界には、神の庭は映っていない。

湊がここに訪れたばかりの時の情景が見えていた。

まばらな落葉樹とコンクリートむき出しの池。太鼓橋と二基の石灯籠しかない作庭途中で放り出された、あの殺風景な庭だ。

派遣者が初めて来訪した時、湊は大変慌てたものだ。

播磨が見えていたから、知らなかったのだ。

神の庭は、常人の視界には映らないということを。

そのため最初の頃、相続人に庭を弄《いじ》る許可を取ったのは無駄でもあった。

湊も縁側を渡り、派遣者の斜め後方で足を止めた。

その視界には、いつも通りの美しき庭が映っている。

新設された立手水鉢も、二基の石灯籠も、軽やかな音を奏でる滝も、ゆるやかに蛇行する川も、そこに架かる太鼓橋も、湯気立つ露天風呂も。

いずれもうっすら金粉をまとい、この世のものならざる幽玄な景観を作り出しているのが明確に見えていた。

この光景は、本当に派遣者には見えていないのか。

信じがたいことだ。

己には見えるばかりか、音も聞こえ、触れることもできるというのに。

だが認めざるを得ない。なぜなら——。

「あれ？」

派遣者は妙な声をあげ、縁側を降りて庭の中心へ向かった。その足は小径を通らず、あまつさえその身が立手水鉢をすり抜けてしまう。そんな奇っ怪な現象が起こった。

わずかに戦慄する湊をよそに、派遣者は軽快な足取りでクスノキに近づいた。

「クスノキはこんなに小さかったですか？　もっと大きかったような気がするんですけど……」

なぜか、クスノキだけは認識できていた。

湊は改めて思う。彼とは同じ景色を見ることはできないのだと。

ゆえに、決して庭には下りない。動揺を隠せる自信がないからだ。

それにもう以前の景観を忘れつつあり、どう歩いていいのかもわからない。

ともかく前回、派遣者が目にしたクスノキは、応龍によって育てられたあとの大木だったから、彼の記憶は間違っていない。

一度深呼吸した湊は、ゆるぎない声で述べた。

「いいえ、クスノキは以前からそんな感じでしたよ」

正直嘘をつくのは、かなり抵抗がある。

だがしかしここは、首尾よく立ち回らなければならない。うまく切り抜けなければならない。

「あれ、そうでしたっけ？　――言われてみればそうだったような気もしますね。まぁ、あんまり覚えてないんですけど」

クスノキの枝に触れながら、派遣者はカラカラと笑った。

彼が適当でいい加減な人であることを、これほどありがたいと思ったことはなかった。

湊の肩の力が抜けたところで『しっかりしなよ』とばかりに、クスノキが枝で派遣者の膝裏を叩いた。

「ん？　いま足になにか当たったような……？」

――クスノキ！　やめなさい！

慌てた湊が両手を駆使して訴える。

ブロッコリーめいた神木は、人であれば口笛でも吹きそうな様子で風と戯れはじめた。


それから二人は場所をリビングのソファへ移した。

派遣者は腰を落ちつけるや否や、しゃべり倒している。湊の対面で身ぶり手ぶりを加え、時折お茶で喉を湿らせ、菓子をつまみながら。

「――それで、うちの榊がまた新たに興した会社も順調に軌道に乗りましてねぇ」

この家の相続人である榊は、手広く商いを営んでいる。もとより資産家だったが、この家を湊が管理するようになって以来、興す会社はすべて順風満帆で資産は増える一方だという。

四霊か山神の計らいであろうと、相槌を絶やさない湊も察している。

「よかったですね」

「ええ、本当に。『やることなすことうまくいきすぎて、少し怖い』なんて榊は言ってるらしいんですけど、社員としてはうれしい限りですよ」

朗らかに笑う派遣者は、おしゃべりで口も軽い。毎回長々と居座り、相続人に関する事柄を語っていく。おかげでさまざまな情報を得られるため、湊はさほど迷惑とも思っていない。

なぜなら、この家を建てた人物とその甥《おい》である相続人を含む榊家と、湊は血のつながりがないからだ。榊は叔母の配偶者の血筋になり、その配偶者以外と会ったこともないため、詳しく知らない。

派遣者はお茶を飲みつつも、その口が止まることはない。

「それで、社長はまた新しい別荘も建てたんですけどね。今度は閑静な場所で人目も気にならず、温泉も引いたんだとか。羨ましいったらないですよねぇ」

「――そうですね」

ここも静かですし、温泉もありますけど。

そんなこと、もちろん言えるはずもない。

榊は家を建てるのが趣味に近い男で、毎度たいそうこだわりを持って建築している。

ゆえに、伯父の好みに沿ったこの家にまったく関心がない。

「そうそう、その別荘を建てる時、他にも候補に上がった土地が二か所あったんですけどね。社長が見学にいったら、いつもの勘が働いたらしく『ここはダメだ。よくない場所だ』と言ったんですよ。二か所とも！　そうしたら――」

派遣者はやや前屈《まえかが》みになった。内緒話らしい。

そんなに慎重にならなくても、盗み聞きする者などいないだろうに。

思いはするも、湊は空気を読んでわずかに耳を傾けた。

たっぷり間を取ったあと、派遣者は潜めた声で言った。

「片方は、土砂崩れが起こって、もう片方からは大量の人骨が出ました」

「――すごい。相変わらず、勘の鋭い方なんですね」

さも感心した風を装った湊は以前、派遣者から榊は異様に勘がよいと聞かされていた。

なお、それは生来の能力であるものの、さらに磨きがかかってきたのは、神々の働きによるものである。

「そうなんですよ。おかげでますます社長の信奉者が増えましたねぇ」

誇らしげな派遣者は知らないことだが、実は榊がこの家を見学に訪れた折も同様だった。

彼は、車道から車に乗った状態で家と御山を眺めただけで青ざめ、運転手にUターンを命じて逃げていったという。

知らぬが仏の派遣者のポケットが微弱に振動した。

「おっと、メールだ。すみません、ちょっと失礼しますよ」

「あ、はい」

前回二回も同じことがあった。タイミングがよいため、おそらく会社からの『早く戻られたしメール』だと湊は思っている。

「では、そろそろお暇《いとま》します」

スマホを見てため息をついた派遣者は、ようやく腰を上げた。それから玄関を出ていきざま、後方の湊を見た。

「あ、そうそうお伝えするのを忘れてました。内見を希望する方が現れましたよ」

もっとも大事なことを今頃知らせてきた。

「いつ頃ですか？」

「来月の末あたりがいいとおっしゃっているそうで。はっきり決まりましたら、またご連絡を差し上げますね」

「はい」

「今度の希望者は相当乗り気なんですよ。だから今度こそ売れるかもしれません！」

グッと片手を握る様子は、やけにうれしそうだ。

「そうですか……」

湊は曖昧な表情で返した。

いままでの希望者誰一人として、ここにやって来たことはない。新たな予定者も同じ道をたどるであろう予感がひしひしとしている。

毎回入念に掃除し、茶請けを準備していても無駄……とはいえないこともないが、キャンセル続きだと気が萎えるものだ。

突然、派遣者が大きく身を震わせた。

「うわっ、なんだ!?　急に寒気がっ……！　す、すみません、それでは失礼しますっ」

いままでのおっとり具合が嘘のように、あたふたと玄関を出ていった。

「山神さんが来たのかな。前もそうだったし……」

かの神は派遣者へ向けて、いったい何を放ったのやら。

扉に鍵を掛けた湊は踵を返した。

湊が縁側へ出た時、クスノキの横に山神が佇んでいた。田んぼ側の塀を見つめ、微動だにしない。

「山神さん？」

呼んだらすぐに鼻先がこちらへ向いた。

山神が足を踏み出す。一帯の緑に映える白き大狼は、しかと小径を渡ってくる。それを見て、湊は言いようのない安堵を覚えた。

その感情を知ってか知らでか、山神はいつもより時間をかけて足を運ぶ。

「やつは、今回もずいぶん長居をしておったな」

「まぁね。居心地がいいのかもよ」

素敵な庭の鑑賞はできずとも、家の造りは贅沢かつソファの座り心地は格別である。そこにゆったりと身を任せたら、出てくる飲食物も高級品ばかり。

さらには減ればすかさず補充される厚待遇なら、根を張ったように動かなくなるのは無理からぬことであろう。しかも話を聞く姿勢を崩さない聞き役付きである。

そこだけは湊に自覚はないけれども。


家から座布団を持ち出してきた湊がそれを敷くと、山神が前足で綿の具合を確かめている。

「中の綿が結構ヘタってきたよね。そろそろ打ち直しに出そうか？」

湊が尋ねる間、山神はよっこらせと身を落ちつけ、長く鼻息を吐き出し、豊かな尾もゆらした。

「否、これぐらいがちょうどよき塩梅《あんばい》ぞ」

「そう？」

仰向けになって背中をこすりつけている。満足そうで何よりである。

「それより山神さん、派遣者さんになにかした？」

「――はて、なんのことぞ」

ゴロンゴロンと寝返りを打ち、とぼけている。

「今回も前回も山神さんが来たタイミングで身震いしていたみたいだから」

「ただ我の気に恐れをなしただけであろうよ」

「――わかるものかな。あの方、なにも特別な力を持ってなさそうだったけど」

「我は、そうそう荒ぶったりはせぬ」

白々しい声を正面から聞いていた湊だったが、新たな神の気配を背中で察知した。見れば、モモンガが石灯籠をよじ登りかけたところだった。こちらもお戻りらしい。

眺めていると、焦って落ちるかもしれない。

湊が首を戻しかけると、今度は川から四霊も顔を出した。やれやれとばかりに、個々のお気に入りの場所へ散っていく。

みんな人間がくるのは、歓迎しないとありありとわかる態度だった。

湊の表情が曇る。

「なんだか申し訳ないことした気分になる……」

「気にせずともよい。ここではお主の好きにすればいいと云うたであろうよ」

うんうんと四霊が頷く中、エゾモモンガだけはボテッと地面に落ちた。

かくして数日後、内見予定がキャンセルになった連絡が入ることになる。

やっぱりなと思いながら、湊は日課の家の清掃に励むのだった。


――そんな湊は知らないことだが、家の内見希望者たちはことごとく、山神・風神・雷神の神域へ招待され、楠木邸に近づくことさえできないよう邪魔されている。

果たして彼がその真相を知る日はくるのか。

山神のみぞ知ることである。

第11章　高く売れますように

薄曇りの朝から、湊は木彫りを卸すべく南部のいづも屋に赴いていた。

店の戸口をくぐると、待ち構えていた――文字通り、仁王立ちしていた笑顔の店員に、店の奥へ促された。

通されたのは小さな部屋。窓のない四畳半の和室は、隅に置かれたぼんぼりが唯一の光源という、実に怪しげな雰囲気だった。

中央を陣取るちゃぶ台越しに湊と向きあう、顔の半分に影が落ちた店員も同じく。その口から絶え間なく発せられる笑い声も不気味さに拍車をかけている。

「ふふふ。すごいっ、本物の麒麟様だ……！」

ほんのり開いた襖《ふすま》からのぞく麒麟を見て、身悶《みもだ》えもしていた。

なんと、かの人嫌いが店内までついてきていた。これは初めてのことだ。

湊がポツリと訊く。

「麒麟さんは、珍しい存在……ですよね」

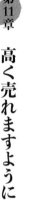

「もちろんです。初めてお会いしました。お美しい……」

うっとりとつぶやかれ、麒麟の片眼《かため》が遠ざかった。

むむむ、と麒麟が眉を寄せる。湊以外には見えないようにしていても、時たま店員のように特殊な目を持つ者に暴かれてしまう。

とはいえ、霊獣や神にまつわるモノを感知できるのは心の清らかさの証でもあるため、害にはならない。

店員は、感嘆の息をついた。

「やはり、本物は違いますね……」

「偽物でもいるんですか？」

「いいえ、そうではありません。四霊様は縁起物のモチーフとしてたいそう人気ですから、見慣れているともいえます。けれど、いずれもあまり似ていなかったのだと知ってしまいました……」

「そうなんですね」

いままで四霊を気にして生きてこなかった湊は、彼らが縁起物として人気が高いことをあまり知らなかった。

「ええ、同じくらいに天の四方を司《つかさど》る四神《しじん》も人気ですけどね。——ああ、ちょうどここにもあります」

店員は、背後に置かれていた一枚の絵を手に取り、湊へ見せた。

顔の周りを蛇体が巻いたように見える構図の、青龍だった。

その周りの余白を埋めるように金粉が舞い、実に神様然としている。

「神々しいですね。——似てないですけど」

「青龍様ともお会いになられたことがあるのですか!?」

前のめりになる店員から湊はわずかに身を離した。

「ええ、まあ。遊びにこられましたので……」

「もしかして、木彫りのモチーフにされていたりします!?」

明らかにテンションが上がった。期待が重い。

若干の申し訳なさを感じつつ、湊は首を横へ振った。

「いいえ、それはないです」

麒麟をはじめ、他の霊獣と山神は自らモデルに志願してくれるから、湊も遠慮はしない。けれども、他の神々は違う。許可も取らずにその姿を写す気はなかった。

そう説明すると、空気の読める店員は居住まいを正して咳払いを一つ。

「そうですか。大変申し訳ありません。取り乱してしまいました」

「——いえ。ずいぶん神様がお好きなんですね」

「ええ、とっても」

にこにこ笑っている。

ならば、山神をモデルにした木彫りのほうがよかったかもと湊が思っていたら、店員が襖の隙間を見やる。

「もちろん、霊妙なお方も大好きです！」

火傷《やけど》しそうな熱量を含む愛の告白めいていた。襖の向こうの麒麟が怖気《おぞけ》を震うのも、湊には見えていない。


さておき、本題に入ろう。

湊はバッグから取り出した木彫りを座卓に置いた。

ぼんぼりの明かりをはるかに凌駕《りょうが》する輝きに包まれているのは、二艘の舟だ。

この時になって、もう一つの霊亀の木彫りを出すのに躊躇した。

出来が気に入らないと思ったのだ。ゆえに卸すのは二つだけにした。

舟の帆には霊亀と応龍の抜け殻を用い、麒麟と応龍が加護を与えている。

ごくり。背筋の伸びた店員が喉を上下させた。

「すごい……」

それ以上の言葉は続けられないらしく、まぶしげに目を細めながらも、必死に見入っている。

頭を動かし、つぶさに二つの検分を終えた店員は姿勢を正した。

「楠木さん、大変です……！」

その鬼気迫る勢いに湊は息を呑んだ。店員の反応を見るべく、あえて事前に材料にまつわる話をしなかったのが、仇《あだ》になったのか。

「――もしかして、売り物になりませんか？」

「いいえ、いいえ！　まさか！　そんなことあるわけありません、売れるに決まっています。――そうではなく、金額が決められません」

「えーと……」

湊は困惑して後ろ首を掻いた。

この店には、湊と同じく神域に住まう人々によって作成された品々が売られている。いずれもうっすら神気をまとう清浄な物ばかりだ。

特別なご利益を内包しているわけではないが、必要とする者へ届くという不思議な縁を持っている。

つまり希少な物だらけといえよう。

それらにはしかと金額が表示されており、どれも相場より高くとも基本的に雑貨のため、少し奮発すれば手に入る価格となっている。

にもかかわらず、湊の木彫りだけ値がつけられないとはこれいかに。

釈然としない湊へ向かい、神妙な表情の店員は重々しい口調で告げた。

「なにせ楠木さんの木彫りは、材料が材料ですからねぇ」

「おわかりになるんですね」

「ええ、もちろんです。人ならざるモノに関する目利きには自信があります」

ドンと厚い胸板を叩いた店員は、打って変わって慎重な所作で舟の木彫りを持った。

「これには、とてもとても貴重な木……御神木をお使いですね」

「そうですね。珍しいクスノキだと思います」

「私も御神木とご縁がありまして、それなりの木々《方々》とお会いしてきましたが、ここまで徳の高い御神木は初めてお目にかかりました」

「と、徳の高い？」

ダンシングフラワーもかくやのあの躍るクスノキに、これほど似合わぬ冠言葉もなかろう。

店員はその木材から作られた木彫りをじっくり見つめた。

「三神、いや四神《よんしん》の力を感じます」

『まぁ、そうでしょうね……』

麒麟が、得心がいったようにつぶやいた。

それを耳にした店員は襖を一瞥するも『話しかけるな！』という無言の圧力を受け、声はかけなかった。

「山神さん以外の神の力……あ、風神様か。他の二神は……？」

一方、湊は心当たりがない。とはいえ考えてみれば、クスノキは相当特殊なのかもしれない。

まずその種は霊亀にもらった物で、出処が判明していない。

それを山神の神気が入った水を風神に力を与えられし湊が風を用いて育て、応龍が喚《よ》び寄せた雲から降らせた雨で急生長している。それも二回だ。

山神が『世界に二つとない御神木ぞ』といっていたのも頷ける。

店員は手の中で舟の木彫りを回した。角度を変えると、帆がなお一層輝きを放つ。

「それにこちらの帆は、相当希少なモノですよね」

襖へ流し目を送りつつ、言った。

「そうですね……おそらく」

なにぶん湊は、世間での四霊の評価を知らない。彼らから気軽に渡されたせいもあり、いかに価値があるのか想像もついていなかった。

それを察した店員は、表情を改めた。

「こちらは四霊様の抜け殻ですよね？　いや、十中八九そうでしょうけど、だとすれば貴重も貴重。お宝中のお宝です。抜け殻だけは万人が認識できますし、ご利益にもあやかれる。その昔、これを手に入れようと、国家同士の争いになったこともあります」

『嘆かわしい……これだから人間は……。愚かしいことこの上ないですね』

麒麟のため息交じりの嘆きは、衝撃を受けて声を失った湊には聞こえなかった。

「――そのうえさらに、四霊様が加護を与えてもいる。希少なんて言葉では足りないくらいですよ」

店員に告げられ、湊は意気消沈して目を伏せる。

「じゃあ、売らないほうがいいですね……」

すっと店員が二艘の木彫りを両腕で囲って引き寄せた。

渡さぬと動作で語り、にっこり愛想よく笑う。

「いいえ、ぜひお売りください。うちの顧客はまともな方々ばかりですから、邪《よこしま》な心を持つ人間の手に渡ることはまずありません」

「ですが、金額は決められないんですよね」

「はい。ですので、お客様に決めていただきましょう」

「それは……」

相場を知らないが、二束三文にしかならない可能性もありはしないか。はっきりいえば、橋梁工事代のために高く売れてもらわないと困るのだ。

言葉を濁して伝えたら、一蹴された。

「もっと自信を持ってください。高値が付くと私が保証します。うちの顧客の方々も目利きの方が多いですし、金払いもいいんですよ」

まるで播磨の父のようではないか。

真っ先に頭に浮かんだかの人物とは、麒麟の鱗を持って外出した折、出会ってその鱗を売ってほしいと頼み込まれて以来、一度も会っていない。

かの変人、いや御仁はお元気だろうか。

内心で半笑いしつつ、渡された契約書を読んでいる最中、ふと思い出した。

「あ、そうでした。一つお伝えするのを忘れていました。この木彫りなんですが、悪霊を祓う力があるんですが――」

「ええ、それはもう、ふんだんにございますねぇ」

食い気味な店員はさかんに頷く。

「その力がなくなった時『木彫りも消える』と山神さんから聞かされています」

「なるほど……。わかりやすくていいでしょうね」

「そうですね」

「必ず事前に、お客様にお伝えしましょう」

「よろしくお願いします」

効果のあるなしが一目で判別できるのは、万人にとってありがたかろう。


無事契約書にサインをし終え、湊は店外へ出た。

戸口の上部に掲げられた、ひょろりとした文字で店名が書かれた看板を見上げ、こっそり祈る。

「二つとも高く売れますように」

『当然です。売れるに決まっています』

湊からやや離れた位置に佇む麒麟が力強く答えた。

湊が歩き出すと、一定の間隔を開けて麒麟もついていく。ふたりの影が雑踏の中へ紛れていった。

第12章　敵を見誤るな

幅の広い川沿い——土手の上にある道をてくてく歩む黒衣の男女があった。頭上のくもり空と同じくどんよりと覇気のない二人は、播磨兄妹《きょうだい》である。彼らは早朝から悪霊の巣食う場所へ向かっていた。

緩慢な動きで、播磨は川を眺めやった。

「最近、川をよく見る……。今日は水かさが増しているのは、昨夜の雨のせいだろうな」

「そうでしょうねぇ……」

元気が取り柄の妹——藤乃《ふじの》は川を一顧だにせず、前だけを見て相槌を打った。

仲が悪いわけではなく、二人とも連日の悪霊祓いに疲れきっているからだ。

藤乃が肺の中をカラにする勢いで息を吐ききった。

「最近の悪霊の多さはなんなのでしょう。ようやく春の忙しい時期が終わったと喜んでいましたのに……」

「そうだな、あれも長かったたな」

春は悪霊が妙に増える時期だ。毎年、それを過ぎてしまえば、あとは通常に戻るものだ。

だがしかし、今年はそうならなかった。ほんの少し沈静化しただけで、ぶり返す勢いである。おかげで陰陽師たちはてんてこ舞いだ。

疲労は溜まっていても早足な兄妹の行く手に、目指していた水門が見えてきた。

「——兄上、水門が悪霊に大人気です」

「なぜあんな所に……」

川は二手に分かれており、その片方に赤い水門がある。

ただでさえひとけのない寂しい場所は時間も相まって、人っ子一人いやしない。けれどもまるでその代わりのように数多《あまた》の悪霊がはびこり、赤い水門がほとんど黒になっていた。

一帯を瘴気が覆い、その中心——水門に膜を張る悪霊がボコボコ湧き立っている。パチンと一つの泡が弾け、細長い虫の脚が出てきた。

それを見た瞬間、表情を消した藤乃の手のひらに光の粒子があふれる。

瞬時に粒子は形をなし、薙刀になった。

反りのある刃は、光源などなくとも自ら光り輝いている。

これは、遠い先祖にあたる神からの贈り物。いわば神の武器だ。悪霊であろうと、妖怪であろうと大根並みにさっくり斬り捨て、祓うことが可能である。そして常人の目には映らない。

幼少期にこの薙刀に選ばれた藤乃は、自らの手のひらから自在に取り出せるうえ、霊力を底上げしてもらえる。

なお、播磨家にはいくつもの武器——もっぱら刀があるものの、それに選ばれるのは女だけであり、男である才賀では扱うことすらできない。
播磨家の先祖の神――男神《おがみ》は、女贔屓《びいき》が激しいからである。

藤乃が駆け出しざまに横一閃。斬り裂かれた瘴気が、散りぢりになっていく間を駆け抜ける。一つに束ねた髪が尾を引く妹の背を、播磨は虚《うつ》ろな表情で眺めるしかなかった。

「俺の出番はなさそうだな……」

なにぶん藤乃は虫が大の苦手で、いつものごとく完膚なきまでに祓い尽くすに違いない。薙刀の刃が銀の弧を描くたび、水門は赤い色を取り戻していった。


「とてもいい憂さ晴らしになりました」

よき笑顔で戻ってきた藤乃は開口一番宣った。その言葉の通り、今し方までの鬱々さは消え去っている。

己が妹ながら恐ろしい女だと播磨は改めて嘆いた。

「――では、次の現場へいくか」

「はい、ここからすぐ近くでしたよね」

悪霊の気配を察知し、そろって勢いよく土手を見上げた。一人の人物が歩いてくる。ひどくゆっくりとした足取りの老いた女は遠くを見ていた。おぼろに浮かぶ朝日を眺めているのだろう。

その嫗《おうな》の頭上から悪霊が襲いかかる。腰の曲がったその老体を四肢で拘束するように抱きつく。

嫗は立ったまま大きく身震いし、白目をむいた。

馳せ寄る藤乃の刃が届く前に、悪霊が嫗に取り憑いてしまった。

が、藤乃は躊躇《ためら》うことなく愛刀を振るった。

唸りをあげる銀の刃が嫗を胴斬りにする。しかしその身が二つに分かれることはなく、悪霊のみが切断されて地面へ転がった。

神の武器は人に取り憑いた悪霊を一刀のもとに引きはがし祓うことが可能だ。他の術者なら、さまざまな手段を講じなければ不可能な行為をいともたやすく行える。

だが今回は、致命傷に至らなかった。悪霊は土手を転げ落ちながら上半身と下半身をひっつけ、河川敷に四つん這いになって藤乃に吼《ほ》えた。

その後方、印を結んだ播磨が呪を放つと、悪霊が膨らんで破裂した。

その残滓が風に流されて消える頃、嫗は正気を取り戻す。数回忙しなくまたたきすると、眼前に立つうら若き藤乃と目があった。

微笑みを浮かべる彼女の手には、もう薙刀はない。すでに己が手の内に戻していた。

「おはようございます、いい朝ですね」

そう告げた背後で、雲の狭間《はざま》から太陽が顔をのぞかせた。束の間《つかま》のあたたかな陽光が三人に降り注ぐ。

「――ええ、そうね」

嫗はまぶしげに双眸《そうぼう》を細め、兄妹に会釈して歩みを再開した。悪霊に取り憑かれた時間はほんのわずかで済んだため、瞬間的に記憶が途切れただけだろう。

「間にあってよかったですね」

「ああ、だが……。おかしいよな」

遠ざかっていく嫗を視界に収めつつ、兄妹は小難しい面持ちになった。

「――はい、どう考えても変です」

「いまの悪霊ももちろんだが、まず水門で悪霊が育つことからして異常だ」

悪霊は基本的に、人の思念・情念が染み付いた場所に集いはびこる。他にも他者から恨まれ、呪われた者の近くに湧く場合もある。

いずれにせよ、人里離れた自然の中で育つことはほとんどない。

そのうえ悪霊は、それなりに時間をかけて強くなるもので、短期間のうちに強くなることがあれば、弱い悪霊もまた多くいるということになる。

陰陽師たちが幾度も祓っている。このあたりではありえないことだ。

にもかかわらず、弱い悪霊が頻繁に湧き、あまつさえ生者に取り憑くこともできるまでに育ってしまっている。

異常でしかないだろう。

播磨兄妹がいまいるここも、先日祓った場所と同様、方丈町と泳州町の境目になる。

二人は川の反対側を見やった。建築物が徐々に増えていく泳州町の町並みが広がり、その果てに海が見える。

悪霊が飛び出してきたその町は、陰陽師が手を出せない地だ。

いったいそこで何が起きているのか。その地に根ざす退魔師は何をしているのか。

手をこまねくしかない現状に、ただ歯がゆさしかない。

「ひとまず、次にいくか」

播磨が妹を促した時、

「おい、アンタらまたか！」

と、背後からダミ声で罵声を浴びせられた。

聞いたことがあるような、ないような声だった。

記憶が曖昧な播磨が肩越しに振り向くと、肩を怒らせた二人の中年男が歩いてきた。

僧衣の裾を翻し、猛然と迫ってくる片方の男は、先日会った退魔師だ。もう一人も色の異なる僧衣を着ていることから同業者であろう。

いかにも僧籍に身を置くような出《い》で立《た》ちの二人だが、有髪で袈裟もないため違うのだと知れる。

播磨たちの間近まで迫った退魔師たちは水門を一瞥するや、憤怒《ふんぬ》の表情に変わった。播磨兄妹が素早く目を見交わす。

「アンタには、この前も言ったでしょうが！」

狡猾そうな顔つきの退魔師――安庄が播磨を睨み上げた。

その後方で止まった、やや目の飛び出た風貌の男は、播磨兄妹を交互に睨んだあと、遠くにかすかに見える嫗へ視線を流した。

「なぁ、陰陽師さんらよ。ここは俺たちの縄張りなんだから、アンタらがうろついていい場所じゃないんですよ。昔からの決まり事でしょうが。知らないなんてことはありませんよね？　それなりの歳でしょうよ。ケツの青い新人でもあるまいに」

安庄は播磨の頭の先から靴先まで見やって嫌味ったらしく告げた。播磨はそんな相手にまったく臆することもなく、無表情で見下ろしている。

暖簾《のれん》に腕押し、糠《ぬか》に釘。なんの反応も引き出せず、安庄は舌打ちすると、盛大に顔を歪めた。

「――もしかして耳が遠いんですかね？　それとも理解できる頭がないんですかね？」

「おい、そこの退魔師！　くだらねぇイチャモンつけもんつけてんじゃねぇぞ！」

ガラの悪い横やりが入った。土手を駆け上がってきた一条だった。その後ろに播磨の従妹がいる。彼女のほうはちゃんと階段を使っている。

彼ら二人も近場で仕事中だった。

泥で汚れた靴でつかつかと寄ってきた一条は、播磨と安庄の間に割り込んだ。ポケットに両手を突っ込み、これみよがしに安庄の頭上から見下ろす。一条もそれなりに上背はある。

「だいたいなんだ、縄張りっつーのはよ。テメェら、犬かよ」

「ああん!?」

「んだぁ、ゴルァッ！」

互いの胸ぐらをつかみ、メンチを切りあう。

「いやですわ〜、ガラの悪いこと」

「ですわよねぇ。恐ろしゅうございますわぁ」

藤乃と従妹が身を寄せ合い、怖がるフリをしている。播磨もがなりあう二人からさっさと距離を取っていた。

藤乃がやや感心した声で従妹へ告げた。

「性格に難ありな殿方も、たまには役に立ちますわね。適材適所と申しましょうか」

「ええ、そうですわね、藤乃様。毒をもって毒を制すとも言いますし」

「お前たち、口を慎むように」

播磨にたしなめられると、はーい、と返事だけはいい子ぶる女たちだった。

もう一人の退魔師も播磨一族と似たようなもので、一歩引いて一条たちを挟んだ反対側に立っている。

罵声の嵐の影響か、またも雲が太陽を覆いはじめた。光がすべて隠された瞬間、陰陽師と退魔師の一団が一斉に同方向を振り仰いだ。

泳州町のほう、小さな三角屋根の家から瘴気が吹き上がり、無数の悪霊が飛び出した。灰色空に黒い濃霧がシミのように広がる。その中心を先陣を切った獣型の悪霊が宙を疾駆し、こちらへ向かってくる。

全員が得意とする得物を構える中、誰かが強く舌を打った。

やけに忌々しげだったのは、聞き間違いだろうか。

呪を唱える播磨は、頭の片隅で思っていた。


播磨の従妹の顔が強張《こわば》るほど、悪霊の数は多かった。

しかしここには、術者が六人もいる。千切っては投げ、千切っては投げするうちに、瞬く間にその数は減っていった。けれども——。

「おい退魔師、祓うのおっせぇよ。さっさとしろ」

悪霊の集団を短い呪のみで一挙に消し去った一条が、安庄をコケにする。彼は呪符で一体ずつ相手取っていた。

「はぁ〜!? 俺のどこが遅いんだ。十分速いでしょうが！　この程度の雑魚ならこんなものでちょうどいいんですよ」

「そんなチンタラやってるから、こんなに悪霊増えてんじゃねぇのか、あんたらの大事な縄張り内はよ」

「——余計なお世話ですよ！」

「ああ、そうか、できねぇのか。よっわ」

悪霊祓いそっちのけで揉めている。

一条のほうを向きながら、安庄が横へ飛ばした呪符を人型の悪霊が虫型を盾にして逃れた。獣型が吹き飛ぶ隙に、人型が中空へ飛び退る。川を渡り、方丈町へ飛んでいってしまった。

その光景を背にしていた播磨たち三人は見ておらず、もう一人の退魔師はギョロつく目で見ていたものの、追う素振りもなかった。


ほぼ播磨一族で悪霊を片付けてしまっても、一条と安庄はまだ言い争っていた。

その二人からやや離れた位置で並び立つ播磨たち三人は、深々と息をついた。

「役に立つどころか、ただの足手まといでしたわ」

藤乃は辛辣だが、播磨も同意見である。

「ああ、残念ながら一切庇えない。——庇う気もないが」

「ええ、本当に。どうしようもありませんわ。まだ次の案件もありますのに……。ここに堀川《ほりかわ》さんがいてくれたら……」

従妹は堀川の不在を嘆いた。

最近一条は、堀川に従順な態度を取るようになっており、もし彼女がここにいて声をかけてくれたなら、一条は水を浴びせられたように大人しくなっただろう。

「おーい、そこのおっさんら、いい加減にしなよ」

突然、背後から声がかかった。まったくその気配を感じ取れなかった播磨たち三人が弾かれたように振り返った。

数歩先に佇んでいたのは、播磨には初見の若い男だった。

黒染めの僧衣をまとうその体軀は、細身ながらもしかと筋肉が付いている。竹刀袋を肩に担ぎ、亜麻色の前髪をかき上げるその若者は、女性たちに人懐っこく笑いかけた。

ちっとまた小さく舌打ちが鳴る。今し方と同じその音は、むっつりと押し黙ったままのもう一人の退魔師の口から発せられていた。

安庄は新たな登場人物を見るや、一条のことは眼中になくなったようで、その若者を凝視していた。そうして苦々しそうにつぶやく。

「――鞍馬《くらま》のとこの倅《せがれ》……帰ってきたのか」

「そ、昨日ね。しばらく実家にいるつもり。だからさぁ――」

鞍馬は表情を一変させた。

竹刀袋で手のひらを叩き、鋭く乾いた音を響かせる。途端、その身から蜃気楼《しんきろう》のごとく霊力が立ち上った。その量・圧ともに並大抵ではなく、背後の景色が歪んだ。

年嵩《としかさ》の退魔師二人を真っ向から見据え、鞍馬は抑えた声で告げた。

「おっさんら、あんまり調子に乗んなよ」

一気に殺伐とした雰囲気に変わり、陰陽師たちは不可解そうに視線を送りあった。


「いくぞ、園能《えんのう》」

安庄が声をかけ、もう一人の退魔師と二人で悪態をつきながら去っていった。

その背たちを見送ることもなく、鞍馬は陰陽師たちに笑いかけた。

「災難だったね、綺麗なお姉さんたち」

その視線が女二人にほぼ固定されているあたり、女好きなのかもしれない。

思いつつ、播磨は礼を述べた。

「すまない、世話になったな」

「べっつにぃ、大したことじゃないよ。気にしなさんな」

播磨へ向かってひらひらと手を振る鞍馬は、いかほど歳上《としうえ》であろうとも、物怖《ものお》じしない性分らしい。

タメ口の若者に、やや離れた位置にいる一条は眉根を寄せている。

ともあれ、鞍馬を近くで見た播磨はその若さにやや驚いた。

おそらくまだ成人していないが相当な霊力も内包しているようで、腕も相当なものだろう。だからこその傲慢さなのか。

しかしながら、気安そうな人柄のようであるから尋ねてみた。

「退魔師同士、仲が悪いのか？」

いままでさほど退魔師に興味を持ったことはなく、彼らの内情を知らない。

同じ地域の同業者だろうに、関係が良好とは言いがたそうな様子が気になった。

鞍馬は、固まる播磨たち三人から距離を開けた位置にいる一条までを流し見た。

「退魔師《俺ら》も一枚岩じゃないってこと。そちらさんもそうでしょ」

「――まぁ、そうだな」

「でっしょ。悪霊祓いは一番実入りがいいからさ、退魔師同士で取りあいになるんだよね。公務員のそちらさんにとっては違うだろうけど、俺らには死活問題だからさ」

「そうか……」

悪霊祓いがあろうがなかろうが、多かろうが少なかろうが、公務員である陰陽師たちの給金は変わらない。

だが、個人で仕事を請け負う退魔師は違うのだ。

播磨は、毎回退魔師たちに追い返される理由にようやく思い至った。

穏やかに会話する中、一条が従妹へ顎をしゃくり、促す。

「おい、次いくぞ」

背を向けてさっさと歩いていく。その背後で従妹は大げさに肩をすくめ、兄妹に会釈して追っていった。

その手元を注視した鞍馬がニヤリと笑う。

「へぇ、〝くすのきの宿〟の守護神サマ、呪符もつくってるんだ。知らんかった……」

聞き捨てならぬ独り言に、播磨が眉を寄せる。

「宿の守護神様？」

「ん？　知りたい？　あの呪符と同じ効果のある表札を掲げてる温泉宿があるんだけど、それを誰がつくってるのかわかんないからさ、宿の守護神サマって呼んでんの。俺らの間じゃ、ちょっとした有名人だよ」

「そうなのか……」

湊の実家が温泉宿を経営しているのまでは知っていたが、詳細までは調べていない。まさかの情報だった。

「わざわざそこに泊まって、部屋の表札やキーホルダーを失敬する情けない退魔師までいるんだよねー。あと――」

鞍馬は頰に人差し指を当て、縦になで下ろした。

「その筋の連中にも大人気だってさ」

播磨兄妹がそろって剣呑《けんのん》な気配を漂わせた。

「あれ、お姉さんそこの人たちと知り合い？　大丈夫、そっちはあんまり心配しなくていいと思うよ」

藤乃へ向かい、爽やかに笑いかける。

「あっち側の連中の素行は褒められたもんじゃないけど、守護神サマにはめちゃくちゃ感謝してるみたいでさ。宿に迷惑かけないようにしてるし、陰ながら温泉郷の治安も守ってるんだって。これ確かな筋の情報だよ」

あとさ、と声をひそめた。

「その宿に棲み着いてるつよーい妖怪もいるから、心配するだけ損だよ、損」

「そうですか、安心しました。教えてくれてありがとうございます」

藤乃が愛想よく微笑むと、鞍馬は顔を赤くした。まだ純情さを持ち合わせているお年頃らしい。

――あとで調べるか。

――ええ、もちろん。
そんな彼を前にして、兄妹は目だけで会話をしていた。

第13章　即席の湊一座

――そうだ、きび団子を買って帰ろう。

いづも屋を離れた湊は、大通りをそぞろ歩きながら思った。

せっかく南部へ出向いてきたのなら、山神のお気に入りを買って帰るべきだろう。

幸いにして、老舗のきび団子屋――周防庵《すおうあん》はここからそう離れていない。先日、山神と散策したおかげで、ここら一帯の地図は頭に入っていた。

行く手に白いレンガのビルが見える。

――あの白いビルを曲がれば、周防庵へいけるはず……。

その前に麒麟が気になり、後ろを向いた。つい先ほどまでいたはずの姿はなかった。

麒麟は、気まぐれだ。買い物中に出没することは多々あれど、終始そばにいるわけでもない。惹かれたモノを見つけたらすっ飛んでいき、戻ってこなくなることも珍しくない。

ゆえに湊も待つことはなかった。

まぁ、いいかと前方へ首を戻した。

その時、スマホを見ながら歩み寄ってきた男と、軽く肩が当たってしまった。

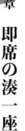

「あ、すみません」

「アァ？」

謝罪に返ってきたのは、ひどく不愉快そうな単音だった。

そう変わらぬ背格好の相手は、いたくガラが悪い。派手な衣装、剃《そ》り込みの入った髪型、サングラス。おそらく堅気ではなかろう。

その男が半開きの口で睨《ね》めつけてくる。

——うわぁ……。

内心で湊が引いていると、ガニ股の男は顎を上げ下げしつつ、言いがかりをつけてきた。

「おいおい、兄ちゃんよぉ。どこに目ぇつけてやがんだ、アア？　い！　いたたたたっ」

急に肩をつかんで呻き出した。

「肩がっ、肩がいてぇ！　あんたが当たったせいで肩が外れちまったじゃねぇかっ」

嘘つけ。半径数メートル内にいる人々が内心で思っていた。

けれども、誰もが目を逸らし、足早に逃げていく。

誰しも厄介事に巻き込まれたくはないものだ。その態度も無理からぬことであろう。

湊といえば、この当たり屋をどう回避すべきか目まぐるしく思考を働かせていた。

が、男は待ってくれない。大げさに痛みを訴えつつ前屈みになって、睨み上げてくる。

「いたたたっ。おい、兄ちゃん俺の肩どうしてくれんだよっ」

「——あの」

「ワリィと思ってるなら、病院代と慰謝料をよこしやがれ――」

その時、湊の背後から一人の男が忍び寄り、前に立ちはだかった。

灰色のスーツを着た、一般人のようだ。かなり筋肉質ではあるものの、奇妙な違和感を覚えた。

湊はすぐさま察する。実家の常連たち――極道絡みの者と似た気配がするのを。

その筋の者たちは、たいてい一般人とさほど変わらない風貌をしていることが多い。言いがかりをつけてきた、いかにもな風体の者のほうが珍しいだろう。

「なんだ、オメェさん肩外れたのか。よし、俺に任せとけ」

軽い口調でいってのけたスーツの男は、喚いていた男の肩をがっしりとつかんだ。

スーツの男に無理やり上体を起こさせられた男の顔が蒼白《そうはく》に変わる。

「あ、あんたッ、タツヤ――」

「心配するなって。俺、得意なんだよ、外れた骨入れるの。外すのはもっと得意だし、うめぇんだよ。ほら、こんな風に――」

バキッと肩の関節が外れた音が湊の鼓膜を打った。

男の絶叫が商店街に轟《とどろ》く。その声が終わると同時、タツヤと呼ばれた男は、今度は関節を入れた。

明らかに手慣れている。顔を引きつらせた湊は後ずさる。

その間、タツヤは笑い顔ながら凍《い》てついた目をしているが、湊から見えていたのはその背中だけだ。

だがその背から苛立《いらだ》ちが伝わってきて、この二人は因縁浅からぬ関係なのだと知れた。

かくしていちゃもんもつけてきた男は、命からがらといった様相で逃げていった。

ヒーローさながらだったタツヤが湊に向き直る。

「災難だったな、兄さん」

「あ、はい。ありがとうございます。本当に助かりました」

やり方は冷や汗ものだったが、救われたことは確かだ。

彼が助太刀《すけだち》に現れてくれなければ、今頃どうなっていたかわからない。

再度心から感謝を述べると、タツヤは上腕をさすった。

「なに、気にするな。我が龍神の導きに従ったまでよ」

奇天烈《きてれつ》なことを口走った。とはいえ神を敬う気持ちを持っているのならば、そう悪い人ではないのかもしれない。

「はぁ、そうだったんですね……。龍神様、ありがとうございます……？」

空気を読み、タツヤが目を向ける上腕へ向かって礼を告げたら、至極満足げにされたのだった。


タツヤは〝くすのきの宿〟で憑かれた悪霊を祓ってもらったうえ、キーホルダーの代金を払い、座敷わらしに見逃された男である。

相当、キーホルダー《くすのきの宿の守護神》の製作者に感謝していたから、図らずも湊を救うことになったのは天の配剤——なのかもしれない。

すでに道を違《たが》えた二人は、あずかり知らぬことだ。

思いもよらないハプニングに見舞われた湊は道の脇へ寄り、深々と息を吐いた。その時、ガシャンと何かの割れる音が通りに響いた。

一軒の店から出てきた中年女性の落とした袋が、音の発生源だった。その傍らに焦った様子の青年がいる。ぶつかったらしい。

「ああ！　いま買ったばかりのお茶碗《ちゃわん》が割れちゃったわ！」

袋から割れた欠片を取り出した中年女性が苛立たしげに叫ぶと、若い男は距離を取った。

「すんません。よそ見してたもんで……」

「なにやってんのよ！」

「わざとじゃないっすよ」

「どっちにしろ、弁償してちょうだい！」

「え、なんで俺が？　マジで？」

「当たり前でしょっ、アンタが悪いんだから！　アンタがボサッと歩いてるからこんなことになったんでしょッ」

これればかりは庇いようがない。とはいえ正当なる主張と思われるも、中年女性の言い方は過剰ではないだろうか。

まるで普段からの鬱憤を青年を詰《なじ》ることで晴らすようだ。

湊が思っていれば、今度はキキーッと耳をつんざくブレーキ音が響いた。

「おい、そこをどきやがれ！　邪魔だ！」

自転車にまたがるしなびた翁が、己が進路に立ち塞がる子どもを怒鳴りつけていた。腕を大きく振るう仕草付きで。悪態をつきつつ、自転車を転がして人々の間を抜けていく。それを不快そうに見る者、ツレと文句を言う者がいる。

「なんだろう。町全体の空気がすごく殺伐としてるような……」

湊は首をめぐらす。誰一人、楽しげにしている者はいない。暗い表情で下を見ている者たちがやけに目についた。

ここが通りだからだろうか。否、そんなことはない。

先日、山神とここを練り歩いた時、笑い声をたくさん耳にし、道行く人たちの笑顔も頻繁に見た。

このいやなムードはたまたまなのか。それとも町民たちの生活に影を落とす何事かが起こったのか——。

思案する湊の足元へ、空から麒麟が舞い降りた。

見上げてくる麒麟と目があって苦笑した。麒麟はいつも通りだ。今し方起こった一連の出来事は見ていなかったらしい。

『湊殿、申し訳ありません』

「ん？」

なんら変化がないと思っていたが、少し妙だった。

前足を持ち上げた麒麟は、己が首にかかる木彫りにしきりに触れている。

『御守《おまも》りの効果が切れそうなんです』

将棋の駒を象《かたど》ったそれは、湊が麒麟のために祓いの力を目一杯込めて彫った、籠目模様が入っている。

湊は目を細め、その木彫りを注視した。

「ああ、翡翠の光が薄くなってるね。ごめん、もっと早く気づくべきだった」

『いいえ、湊殿が気づかなかったのは仕方ありません。ここに来て一気に効果を失ってしまったのです』

その声が聞こえてない湊は、麒麟を促して大通りから外れて横道へ入った。

活気のない店舗に挟まれた道をしばらくいくと、人通りが途絶えた。

自動販売機の脇に寄り、ボディバッグから筆ペンを取り出し、麒麟へ手を差し出した。

「とりあえず、応急処置として木彫りに字を書くから、こっちに渡してくれる?」

麒麟は人嫌いである。恩人とはいえ、人の身である湊と接触するのは生理的嫌悪が抑えきれない。

それを湊も承知しているため、普段から触れるどころか、そばにも寄らないよう気をつけている。

人の目がないここでなら、その木彫りを渡した時のように、麒麟が不思議な力を用いて自ら外して渡してくれるだろう。

狙い通り、麒麟の首から木彫りが浮き上がる。

が、途中で止まり、麒麟の頭髪が逆立った。そして間髪いれず、跳んだ。

「なんで!?」

視界から消え失《き》せ《う》、度肝を抜かれた湊が空を仰ぐと、店舗の三角屋根に麒麟が降り立つところだった。

なぜか身構え、下方を睨みつけている。

大通りの方向だ。そこから、一人の男が歩み寄ってくる。

前屈みになったその壮年の男は、ふらつき、息も絶え絶えでまともに歩けないようだ。ずいぶん様子がおかしい。

「ひ、ひすいの、き、み……っ! た、たすけッ……!」

言いかけた途中で、膝をついてしまった。苦しげに上向いたその顔に見覚えがあり、湊は目をむく。

「播磨さん!」

播磨の父——播磨宗則《むねのり》だ。

前回、方丈町の北部で恐るべき勢いで現れたロマンスグレーが見る影もない。死相に近い土気色の顔をして、髪や上質なスーツも乱れている。

「どうしたんですか!?」

湊が駆け出す。そうして、あと数歩の位置まで寄りついた時、全身に鳥肌を立てた。

この気配は、悪霊だ。播磨の父に悪霊が取り憑いている。

彼は術者ではない。己で祓うことはできないから、湊の護符をとても頼りにしているのだと、以前告げていた。

かような状態になっているのなら、持っていた護符の効果が切れたのか、忘れたのか。

いずれにせよ、祓うだけだ。

湊はその手に持ったままだった筆ペンのキャップを抜き取ったあと、一瞬だけためらった。

しかし背に腹は代えられまい。冷や汗のにじむ宗則の額に、横一文字の線を引いた。

宗則の背中にしがみついていた二体の悪霊が膨れ、爆散。黒い粒子となって消えていくのを、麒麟だけが見届けていた。


深く息をついた宗則が膝を起こし、しかと大地を踏みしめて立った。その額を湊が上目で見る。墨痕鮮やかな墨の線は、目立つことこの上ない。

それが書かれた皮膚の色に生気が戻っていくのだけが救いである。

「そんな所に書いてしまって申し訳ありません。咄嗟だったもので」

なんといっても見るからに上質な衣服をお召しだ。そのうち消えるとわかっていても、それらには書けなかった。

宗則は憤るどころか、愛想よく笑う。

「いいや、助かったよ。文句なんてあるはずがない。むしろありがたすぎる」

お世辞でもなんでもなく、心からそう告げているようだ。

宗則は額に軽く触れ、指先を見た。

「おお、もう乾いている。素晴らしい……！」

感極まって打ち震えている。

宗則は、神秘的なモノをこよなく愛する御仁で、それが講じて神や霊獣にまつわるモノの蒐集《しゅうしゅう》家でもある。

「ふんだんに神気の入った文字を私にも入れてもらえるなんて、なんたる僥倖《ぎょうこう》か……！　いつも才賀が羨ましかったのだよ」

「――じゃあ、よかったです」

引き気味な湊と打って変わって、宗則は朗らかに笑った。

息子と面差しは似ているが、浮かべる表情と醸す雰囲気がまったく違うため、いささか戸惑う。

ともあれ彼は、以前才賀に渡した、山神と霊亀の足跡スタンプの入った護符を部屋に飾っており、湊に交渉して買い取った麒麟の鱗も同様に扱っている。

そんな宗則は屋根を見上げ、陶酔しきった声を出した。

「それにしても、本物はなんたる美しさであろうか」

嫌そうな雰囲気を放っている麒麟が彼には明確に視えていた。

「麒麟さんがはっきり視えるんですね」

感心した湊がいうと、宗則は髪を整えて襟を正した。ようやく通常仕様に戻ったようだ。

「もちろん。その身を覆う黄みの強い真珠色も鮮やかに視えるよ」

その熱視線は麒麟から外れない。

一方、麒麟は人間観察が趣味でつぶさに観察するものの、人間から注目されるのは御免被る性質である。身を起こして足踏みを繰り返し、落ちつかないようだ。

けれども逃げ出そうとはしない。

宗則は悪人ではないと見抜いているからだ。崇拝に似た感情を惜しみなく向けてくる相手を無下にしなくなっただけ、麒麟も多少は成長している。

しかし麒麟が居心地悪そうなことを不憫《ふびん》に思った湊は、宗則の関心を逸らすため、気になった事柄を尋ねた。

「ところで播磨さん、どうして悪霊に憑かれていたんですか？」

人となりはろくに知らないが、うっかりさんには見えない人物だからだ。なんといっても祓い屋として名高い播磨家の一員であり、しかも現当主の伴侶である。悪霊が視えるかどうか定かではないけれども、彼自身が祓えないならなおのこと、対策を怠るのは考えにくい。

宗則は厳しい顔つきになった。

「そもそも私は悪霊が知覚できないんだが、憑かれやすい厄介な体質をしていてね。どこにいくにも必ず符を持っていくんだが、今日赴いた場所がとてつもなく悪霊が多かったようで……。君の護符の効果がたった半日で切れてしまったんだよ」

「それは……」

ありえないのではないのか、と瞬時に思ってしまった。

うぬぼれではなくただの事実として、自らのつくった護符は類を見ないほど強いのだと知っている。

それが半日も持たずして効果を失うとは。

それだけ強力な悪霊がいたのか、もしくは弱くとも数が多かったのか。

湊は悪霊の気配は、さほど知覚できない。

強いモノで、なおかつそばに寄らなければわからないゆえ、たとえこのあたりにそんな悪霊がいたとしても、認識できないだろう。

試しにあたりの気配を探るも、やはり異常は感じ取れなかった。

「播磨さんは、今日どちらにいかれたんですか？」

「泳州町の中心街だよ」

南部の端を流れる川を堺《さかい》にして、向こうは泳州町になる。湊もつい先日、山神の眷属たちとともにその町の果てにあたる海へ遊びにいったばかりだ。

海への行き帰りはバスを利用したから、悪霊に気づかなかったのだろうか。

しかし眷属たちもとりわけ様子がおかしくなりはしなかったし、むしろ出かけた直後に比べて元気だったくらいだ。帰りのバスでは、そろって湊の膝に顎を乗せて眠っていたけれども——。

『湊殿！』

湊の思考を断ち切る、麒麟の声があがった。

鋭きその声が聞こえたのは、宗則だけだ。

急に表情を強張らせた宗則が麒麟を見上げ、次に毛を逆立てた麒麟が注視する方角を見やった。湊も倣う。

そこは、またも大通りへ続く路地だった。

一人の男が歩いてくる。こちらも足元がおぼつかなかった。それは、その肩に掛けられた大きなバッグのせいなのか、具合でも悪いのか。

うつむきがちの顔が上がり、その凡庸な相貌があらわになった。

先日、会った十和田記者だ。

彼は路傍に佇む湊と宗則には気づく様子もなく、一軒の店舗の前で立ち止まった。戸口へ顔を向けて、大きく息を吐き出している。

「播磨さん」

湊が小声で呼び、自動販売機の陰へ促した。

「翡翠の君、彼は知り合いかい」

「顔見知り程度です。あちらは俺の名前も知らないでしょうから」

男が何者か手近に説明した。

山神が愛読する地域情報誌の記者で、山神のために和菓子の記事を書いていること。先日、山神とともに会ったこと。

その時悪霊に憑かれていた彼は、湊が持っていたメモで祓われたが、山神に祓われ、救われたと勘違いしていること。

聞き終わった宗則は顎をさすった。

「いまの彼の様子を見るに、また憑かれているのは間違いないよ」

「ですよね」

「祓ってあげるのは、やぶさかではないのだろう？」

「もちろんです。でも俺が出ていくのはちょっとマズインです……」

顔を知られているからだ。十和田は山神に信仰心を向けてくれる貴重な人物である。

ゆえに、山神に救われたと思ったままでいてほしい。それらも全部伝えた。

「――ですから、俺はしゃしゃり出たくないんです」

「わかった、いいだろう。私に任せてくれたまえ」

額に悪霊を祓う線の入った宗則は、大仰に胸を叩く仕草をした。なんのことはない、そのまま十和田のそばを通ればいいだけである。

二人が自動販売機の陰から片目をのぞかせて見ると、十和田はまだ店先で佇んでいた。いまにも倒れそうな顔色の悪さだ。

「では、いってくるよ」

「お願いします」

陰から出た宗則は颯爽と歩き出し、大股で十和田記者の背後を通った。

たったそれだけだ。にもかかわらず、十和田の背筋が電撃を喰らったように伸び、首が取れそうな速度でかえりみた。

そんな十和田を宗則は一瞥することもない。そのまま大通りへ靴音を鳴らして、去っていった。

「な、な、なっ」

十和田は二の句が継げないようだ。

大通りから視線をはがせないその背中を湊は自動販売機の陰に身を隠してこっそりと、麒麟は屋根の上から堂々と眺めていた。


ややあって、十和田は一軒の店へ入っていく。その足取りに危うさはなく、静かに戸口が閉ざされた。

店構えをよく見たら、和菓子屋のようだった。おそらく取材に訪れたのだろう。

しばらくしたら、大通りから宗則が戻ってきた。

途端、湊は申し訳なさで心が痛んだ。その額に入った横線はさぞかし人目を引いたことだろう。

「お手数をおかけいたしました。そして本当に申し訳ありませんでした」

つい謝罪の言葉が出て頭も下がった。

傍らへ来た宗則は悪戯《いたずら》っ子めいて笑う。

「気にしなくていいと言っただろう。多少抜けているくらいでちょうどいいんだよ、私みたいな者はね。それに私の奥さんもこの素敵な線を見たら、かわいいといってくれるのは間違いないよ」

まさかの悋気だった。

――その後、帰宅と同時に奥方と長女から顔を背けられる――目から脳天にまで刺さりそうにまばゆいため――未来が待っているが、この時の彼は毛ほども知る由もない。


さておき、宗則は表情を改め、神妙に告げた。

「それより翡翠の君。先ほどの記者も相当難儀な体質をしているようだね」

「そうみたいなんです。実は十和田さんに憑いた悪霊を祓うのはこれで三度目です。一度目の翌日にも憑かれかけていたようで、山神さんの言付けを伝えにいった眷属が祓っているんです」

「それはよほどだ。私よりひどいじゃないか」

宗則は痛ましそうに十和田が入った店舗を見やった。同じモノに苦しめられる者に親近感が湧いたのかもしれない。

「今回もまた祓えましたけど、たぶんまた憑かれるんじゃないかと思うんですよね」

湊が言い終えると、宗則は周囲を見渡した。

「ああ、間違いなくそうなるよ。この一帯もあまり空気がよくないようだから」

「――そうなんですね。じゃあ、やっぱりこれを十和田さんに渡そうと思います」

ボディバッグから取り出したのは、霊亀の木彫りだ。一つだけ持ち帰ってきたおかげで助かった。

出来は気に入らないが、致し方あるまい。

「こっちのほうが護符より効果が持続すると、山神さんから聞いていますので――」

突如、宗則が湊の両肩をつかんだ。全身から発せられる気迫に湊がのけぞる。

「翡翠の君、私もその木彫りがぜひともほしいのだが……！」

「えーと、まぁ、はい――」

相変わらず、押しが強い。印象がまったく異なる親子だが、このあたりはそっくりだ。

「いくらかね!?　いくら積んだら譲ってくれるんだね!?」

「あ、あの、これを卸した店がありますので、そちらへ足を運んでいただけたら――」

「場所はどこだ!?　どこにあるッ!?」

『そこの者、落ちつきなさい！　湊殿が困っているでしょう。それに腰が折れそうです』

屋根から麒麟の叱声が飛んだ。

氷水をぶっかけられたように宗則が我に返った時には、湊の腰は弓なりに反っていた。

「す、すまない、翡翠の君。つい興奮してしまってっ」

よいしょと湊の上半身を引き戻した。

冷や汗を拭った湊と冷静さを取り戻した宗則は、自動販売機の横で密談を行う。

「問題は、どうすればこの木彫りが山神さんからの贈り物だと信じてもらえるかなんですけど」

「うむ、確かに。宅配便よろしくいきなり手渡しても信じてもらえないだろうからね。私では、神の使いの役割をこなせそうにないよ」

人間だもの。婿養子である彼には、播磨家の神の血は流れていない。

ただの人の身である二人は同時に空を仰いだ。

屋根を踏みしめる、堂々たる佇まいで見下ろす麒麟がいる。陽光を弾くその身に湊は目を細めた。

「麒麟さんに、山神さんの眷属のフリをしてもらうとか……」

その思いつきを耳にして、麒麟が身を強張らせた。

「それは、無理だと思うよ」

意外にも、宗則がきっぱりと告げた。

「なぜですか？　麒麟さんはすごく神々しいでしょう。神様と見紛うくらいだと俺は常々思ってるんですけど」

「外見だけならね」

宗則は麒麟から視線を外し、湊を真正面から見た。

「翡翠の君は、彼らとともに過ごして毎日見ているのだろう。──実に羨ましい……」

流れるように付け足された本音に、湊は苦笑する。

「はい、贅沢ですね」

宗則は咳払いをしてごまかす。

「いや、私が言いたいのはそこではなく。──彼ら霊獣と接していて気づかないかい？　神様──神獣とは発する気配がまったく違うことを」

「──そう、ですかね……」

見るからにわかっていなさそうな湊に、宗則は子どもに諭すように話した。

「あまりにもそばにいすぎるせいで、わからないのかもしれないね。注意深くみるなり、気配を探るなりしてみるといい。山神様とは明らかに気配が異なるのだと知れるようになるだろう」

「はい、そうします」

神様の気配などが知覚できるようになったのは、つい最近のことだ。わからずとも致し方なかろう。そう思ったものの言い訳がましいため、口にはしなかった。

「その違いは俺じゃなくとも、誰でもわかるものなんでしょうか」

「一概にはいえないが、十和田記者は、山神様とお会いして間近で言葉を交わしている。そして眷属とも会っているのならば、山神様の気配を二度も体験していることになる」

「そうですね」

「神が発する神気とは圧倒的なものだ。人は本能で畏怖を感じる。一度でもその身で知ってしまえば、霊獣の気配は別物だと勘づくだろうね」

耳が痛い話だが、神の類いに造詣が深い宗則がいうのなら確かなのだろう。

思えば、山神と初めて会った時、その神気に圧倒されたものだ。

けれどもその後、山神や他の神と差し向った時も、あまり恐ろしさを感じたことはない。

己の感覚は、相当麻痺しているのではないだろうか。

気づいてしまった湊は結構な衝撃を受けた。

ともあれ、いまはそれどころではない。早く手立てを講じないと、十和田記者が店から引き上げてしまうかもしれない。

そわそわと動く黒い頭部——湊を見下ろしていた麒麟が、屋根から跳んだ。

湊と宗則の数歩先に、音もなく舞い降りる。驚く二人を見据え、凛《りん》とした声で告げた。

『湊殿がお望みとあらば、この麒麟、必ずやその大役を果たしてみせましょう。わたくしめにお任せください』

言下、その身から白々とした光がほとばしる。見る間に輝く白光が、黄みの強い体軀《たいく》を覆い尽くした。

その神秘的な姿を見せつけられた二人の人間は、息を呑んだ。

○

和菓子屋の取材を終えた十和田記者は、己が社——武蔵出版社への道筋をたどっていた。

建ち並ぶ店舗に挟まれた大通りは人がまばらで、その間を抜けていく彼の足取りは跳ねるようだ。行きは担ぐのも一苦労だった大きなバッグが、いまはやけに軽い。身体も気持ちも軽々だ。このまま空も飛べそうなほどに気分が高揚している。

「なんたって、また山神様に助けてもらえたからな」

つい喜色に満ちた声がこぼれ、相好も崩れた。

先日先々日と、一度ならず二度までも悪霊から救ってもらい、五体投地で拝み伏して感謝していた。そのうえ――。

「三度も助けてくれるなんてな！」

感謝感激雨あられである。ぜひとも次回の和菓子特集記事を増量版でお届けしたい気持ちでいっぱいだった。

十和田は取材のために泳州町へ赴いた折、町へ踏み入ってまもなく悪霊数体に憑かれてしまい、仕事しながら何度も祈っていた。

山神様、どうか今一度お救いください！　と。

結果、最後の取材に訪れた店舗の前で力なく佇んでいたら、渋い男性が背後を通ったことによって祓われたのだった。

十和田は湊の力――翡翠の色は視えない。

むろん、その字に含まれる山神の金の粒子も視ることはできない。

しかし悪霊はバッチリくっきり認識できるタイプである。

己の背中と両脚にまとわりついてた悪霊らが、塵《ちり》も残さず祓われていく光景をつぶさに視ていた。

それを行ってくれた救世主は振り返りもせずに去っていったため、実際、山神の関係者なのかは知りようもない。

――けど、あの波動は山神様のモノだった……はず。

他の神様の気配を知らないから断言できないが、前回と前々回と同じ波動だったと思われた。

ただ、解せないことはある。己に憑いた悪霊が祓われるまでに、いやに時間がかかったことだ。

憑かれてから数時間も経過していた。

――いや、祓ってもらえるだけでありがたい。文句なんかあるわけねぇ。

十和田は歩みながら首を振る。

その時、ふいに背筋に寒気を覚え、周囲へ視線を投げた。

建物の陰、電信柱とブロック塀の狭間、通行人たちの隙間。さまざまな場所に浮遊する霊がいる。

死んだ人や動物たちだ。それらは、必ずしも悪霊ではない。

その身は半透明で、悪霊特有の黒さをまとっておらず、その表情、醸し出す気配でこの世に未練があるのだと語っていた。

そんな彼らがこの世にとどまり続けるなら、そう遠くないうちに悪霊と化すのを十和田は知っている。


十和田は振りきるように霊たちから目を背け、足早になった。

何もできないからだ。

――話を聞いてやって、同情したって、共感したって、あいつらは変わらない。成仏なんてしない……させてやれない。

若かりし頃、幾度も試みたことがあった。

結局、一体として成仏せず、あまつさえ悪霊と化して憑かれ、命を落としかけるという苦い経験をした。

以来、絶対に関わらない、同情しないと心に決めている。


十和田は競歩並みの速度で、角を曲がった。

すぐさまつんのめる勢いで止まり、二、三歩後退した。

——な、なんだよ、あれはっ。

数メートル先を巨大な悪霊が歩いていた。二足歩行ではあるが、人とはいいがたい外見だった。さまざまな動物の悪霊と融合したのだろう、原型をとどめない異形だ。

その満身から粘液を垂らして、背を向けていた。その身が放つ瘴気で周辺の景色すらろくに見えず、さらに悪臭も垂れ流していた。

吐き気が込み上げ、十和田は口元を覆った。

——いくらなんでも、悪霊が多すぎるだろ！

数か月前までそんなことはなかった。自信を持って言える。

——なんで、なんでっ、こんなに増えてるんだよ……ッ。

こうも多いなら、何度山神に祓ってもらっても焼け石に水だ。

——どうすればいい……。

絶望的な気持ちに陥った時、悪霊の背中に目玉が一つ浮いた。

「あ、あ、あ」

血走ったその目に射抜かれ、十和田の腰が抜ける。悪霊が立ち止まり、背中から幾本もの触手が伸びた。

同時、尻餅をついた十和田の背後から風が吹いた。

間近まで迫っていた触手の先端が砕け散り、見る間に胴体まで到達。悪霊が絶叫しながら膨れ上がり、弾け飛んだ。残滓が四方へ飛び散っていく。

その黒い粒子、一粒たりとも逃さぬ。

とばかりに、追い風によってすべての残滓が消し尽くされた。

あっという間、まさに瞬く間に祓われてしまった。

瘴気も消え失せてあたりは陽光に満ちあふれ、今し方まで悪霊がいたのが信じられない。

十和田は理解が追いつかず、震えて口は開きっぱなしになっている。

「な、なに、いま、な」

支離滅裂な言葉をつぶやき、ひとまず深呼吸を繰り返す。回らない頭で必死に考えようとしたら、背中にあたたかな波動を感じた。覚えのある四度目の感覚に視界がにじむ。

「や、やまがみさまっ」

かえりみた瞬間に目を眇め、手をかざした。

あまりにまばゆい存在が、空中に浮かんでいた。

白光に包まれた、四肢を持つ獣だ。

それが放つ濃い気配に畏怖を抱き、総毛立ちながら十和田は指の隙間から必死に目を凝らす。

その獣は数日前に会った山神の眷属——テンとはまったく違っていた。


その時も町中で悪霊におののいている最中だった。北部方面から弾丸以上のスピードで、金の光に包まれたテンが駆けてきて、そのままの勢いで悪霊のどてっ腹を貫き、祓ってくれた。それから後方宙返りで戻ってきて、

『我、山神の眷属！　山神から言付けを預かってきたよ～』

と軽い調子で言ってのけられたのだった。

まさかの担当記事のリクエストで目が点になったが、それはさておき。

目前の獣は全体的に黄みを帯びて、枝分かれした角を有し、鹿に似ているようで似ていない。顔は龍のようでもあり、胴体の煌めきは鱗のようだ。

ひどく変わった容貌をしている。

けれども、漂ってくる気配は紛れもなく神気だ。

己に目をかけてくれる神は、北部の御山を御神体とする山神しかいない。


——だからこの獣も、山神様が遣わしてくれた眷属に決まってる。

十和田は感動で身震いしながら、黄色い獣を一心に見上げた。

獣は言葉を発しない。宙に足場があるかのように佇み、たてがみをゆるやかに波打たせ、睥睨《へいげい》してくる。

ずいぶん硬質な雰囲気で戸惑っていると、その獣が片方の前足を高く挙げた。

蹄の下が光る。その明るさに目を灼《や》かれて瞼《まぶた》を閉ざし、再度開けたらそこに物体があった。

――あれは、木彫りか？　亀の形をしているような……。

そう思った時、

『これをあなたに差し上げます』

「……うッ！」

十和田は頭を抱えて呻いた。脳にじかに声が響き、それに伴って頭が割れそうな痛みを覚えていた。

地面で軽くのたうつ十和田の足元へ、木彫りが静かに降り立った。混乱するその頭に今一度、同じ声が響く。

『山神ど……いえ、山神からの施しです。そちらを肌身離さず持っておけば、悪霊に苦しめられることはないでしょう。ただしこの木彫りが消えるまでですが……』

歯を食いしばる十和田は何も応えられない。耳鳴りがして周囲の音は一切聞こえないにもかかわらず、獣の声だけは明瞭に聞こえていた。

荒く息をついてると、獣の発する光度が増した。眼球が痛み、頭痛も増して固く目をつぶる。

だが一拍の間を置き、すべての痛みが消失してしまった。

「――は!?」

十和田は瞬きを繰り返す。そして、獣の姿が消えているのを目の当たりにした。

「ど、どこにいったんだ……ッ」

忙しなくあたりを見やるも、その黄色い身も白い光もどこにもない。定まらないその視界に、遠くから近づいてくる親子が映った。

――こんな格好を見られるわけにはいかねぇ。

ふらつきつつ立ち上がった。むろん、片手に木彫りを握りしめて。


大きなバッグを肩に掛けた十和田が、霊亀を象った木彫りを抱えて歩み去っていく。

小さくなっていくその姿を、建物の角で縦に並ぶ顔をのぞかせる二人組が見送っていた。

湊と宗則である。屈んだ湊が上向いた。

「十和田さん、勘違いしてくれたみたいですね」

「ああ、間違いなく」

しめしめと頷きあった。悪霊を祓ったのはむろん湊だった。湊が膝を起こす。

「間にあってよかったです」

「そうだね。あの記者の恐れようからかなりのモノだったろうからねぇ」

「でしょうね、たぶん」

視えない己は幸せだと双方思っている。

そんな彼らのそば――店舗の庇《ひさし》に黄色い獣――麒麟が降り立った。

「ありがとう、麒麟さん。お疲れさまでした」

『――なんのこれしきのこと。お安い御用です』

決してそう思っていない気持ちがにじむ声である。

その声が聞こえる宗則は口角を上げた。麒麟が顔をしかめていると、湊が疑問を口にする。

「途中、十和田さんが苦しんでいたのが、気になったんですけど……」

「ああ、麒麟様に話しかけられたからだよ」

宗則があっさり答えた。

「え？」

「――知らないんだね。麒麟様たち霊獣は、人の頭に直接声を届けることができるんだよ。でもそれに慣れていない者がその声を受け取る時、耐えがたいほどの苦痛を伴うんだ」

「俺、一度もそんな風に話しかけられたことがないんです。四霊の誰からも……」

やや呆然《ぼうぜん》と告げれば、宗則は訳知り顔で語る。

「君に痛みを与えたくないからだろうね」

湊が振り仰いだら、麒麟は澄ました顔で庇に座っていた。

『そこの者、あまり余計なことを言わないように』

厳しい声で咎《とが》められようと、宗則はただにこやかに笑っている。その面持ちが急に引きしまった。

「ところで翡翠の君、君の木彫りを卸した店を教えてくれないかい」

一歩、踏み込んでこられ、湊はかすかに上半身を反らした。喉から手が出そうだとは、まさにこの状態をいうのだろうと頭の片隅で思う。

「和雑貨・いづも屋です」

「あそこか！」

いまにも駆け出さんばかりの宗則を湊は驚きの表情で見やる。

「ご存知なんですね」

「ああ、私はあそこの店の常連だと言っていいだろうね。実は、そこに向かいかけていたところだったんだ」

「そうだったんですか」

「ああ。その途中で麒麟様の光に気づいて、ついフラフラ追ってみたら、君がいることにも気づいたんだよ」

「——俺のこともわかるんですか……？」

疑わしそうな湊を前に、宗則は自信ありげに己が目を指さした。

「私は目がいいものでね。君の両肩と背中についている四霊様の加護の軌跡が視えるんだよ」

「きせき？」

「君が歩いたあとにうっすら残っているんだ。空中に線を引いたように色濃く残っていたからね。君が近くにいるのだろうと思ったら、案の定だった」

思いもよらぬ情報は衝撃でしかなく、湊は呆けたように告げた。

「なんだか、今日は驚きの連続です」

宗則の能力もさることながら、麒麟についてもだ。

麒麟は、神の力を持っているという。

四神の一角、西方の守護神たる白虎《びゃっこ》の力だ。

十和田が感じた神気は白虎のモノだ。山神の神気とはまったく性質が異なるものの、十和田は質の違いがわからなかったため、首尾よく騙《だま》されてくれた。

湊と宗則は、その仕掛けを施す前、白光――白虎の神気に包まれた麒麟から教えてもらっていた。

湊殿と同じですよと。

――あなたが風神殿やアマテラス殿から力を授けられたように、わたくしめも白虎から力を与えられているのです。ついでにいえば、霊亀殿は玄武《ゲンブ》殿の、応龍殿は青龍殿の、鳳凰殿は朱雀《スザク》殿の力を持っています。それぞれ量は異なりますが――。

そう告げた麒麟は、ひどく苦々しそうだった。


湊は回想しつつ、改めて感心したようにつぶやく。

「麒麟さんは、霊獣でもあり神獣でもあったなんて……」

『違いますよ、湊殿！　わたくしめはれっきとしたレ・イ・ジュ・ウ！　断じて神獣ではありません！』

喚く麒麟はとにかく白虎の力を行使するのを厭《いと》うている。

「麒麟様は、霊獣としての矜持《きょうじ》が高い方のようだよ」

困った表情の宗則が湊へ伝えると、麒麟が吠えた。

『当然でしょう！　わたくしめは代えのきかない四霊なのですから。だというのに白虎ときたら！先日わたくしめの旅先に突然現れて「我が授けた力が少なかったばかりに悪霊に捕らわれる羽目になったんだな。すまん、もう少し与えておくわ」だなんて言って、一方的にさらに力を与えていったのです！　わたくしめは、いらないと昔もこの間もさんざん言ったのに！』

音高く悔しげに地団駄を踏んでいる。その身からうっすら白い光が漏れはじめた。湊が目を丸くすると、ハッと我に返った麒麟が四肢を前へ後ろへ繰り出し、光を追い払う。

それらが霧散したのを確認した麒麟は顎を上げ、己が固有の黄みの強い真珠色をまとった。気高き霊獣を取り繕う姿に、湊は呆れるしかなかった。


それから、いづも屋の木彫りが売り切れるのを危惧した宗則が駆け去り、湊が祓いの力を上書きした御守りをさげた麒麟も飛び去っていった。

一人残された湊は、きび団子屋――周防庵へ向かう。

次第に通行人が減っていき、周防庵の店先――赤い野点傘《のだて》まで近づいた時、一挙に鳥肌が立った。

突然、空気が変わったからだ。湿り気を帯びた不快な生ぬるさは、悪霊がそばにいるに違いない。

またかと思いつつも、視覚には頼らない。他の知覚――おもに第六感を研ぎ澄ませた。

いまその身を覆う翡翠の膜はない。悪霊が迫ってくるのをまざまざと知覚した。

——背中で。

即座、かえりみたら、後方に一人の若い女性がいた。

歩み寄ってくるその背後に、人型の悪霊が忍び寄っていくところだった。

それは、陰陽師《一条》と退魔師《安庄》が口論の末、取り逃がしたモノだ。

悪霊が女性の中にするりと溶け込むように入ると、女性は唐突に立ち止まり、白目をむいた。

それが、悪霊が取り憑いた時の現象だと湊は知る由もない。

けれども、警告音が脳に鳴り響いた。

それに従い、流れるように動く。バッグから筆ペンとメモ帳を取り出し、大きくバツ印を書いた。

翡翠の光が放たれ、両側の民家、向こう三軒両隣を覆う巨大なドームと化す。

湊が面を上げた時、むろん悪霊は塵も残さず消滅していた。

あっさりと祓われた女性がさかんに目をしばたたく。

「ん……？　なんで私、立ち止まってるの……？」

周囲を見渡したあと怪訝そうながらも足を踏み出し、湊を追い越していった。

湊は、遠くなっていく後ろ姿をしばし眺めた。

「足取りもしっかりしてる。問題なさそうだ。——たぶん悪霊が何かしそうになってたんだろうな……」

それにしても人が白目をむくのは、ずいぶん久しぶりに見た。

温泉宿では時折、のぼせて倒れる者もいるため、そこまで驚きはしなかったけれども。

「道端で倒れなくてよかった……」

胸をなで下ろした湊は、感覚を研ぎ澄ませて近辺を探った。水をイメージしていた。一滴の水が水面に落ちて、同心円状に水紋が広がるように。

それに引っかかるモノはとりわけなかった。

「他にはいない……たぶん」

筆ペンのキャップをしめかけて、動きを止めた。

——いくらなんでも、悪霊が多すぎやしないだろうか。

湊は首を一巡させた。いやに人が少なく、先日の賑《にぎ》わいとは大違いだ。

周防庵の扉も閉ざされている。先日そこは開け放たれていた。取っ手に開店中の札がぶらさがっていることから、営業中なのは確実だが、そこから出入りする者は誰もいない。野点傘の下の長椅子に腰掛ける者もいない。

——なんだか、すごく寂しい感じがする。

町全体が活気を失ったように思うのは、気のせいではなかろう。それが悪霊のせいなのかはわからない。

しかし断じて、看過できない問題だ。

南部には、山神の思い入れのある店や人たちも多い。

ならば、己にできることをするしかないだろう。

しかしながら、メモの護符をその辺にばらまいておくわけにもいかない。その紙片の力がわからない者たちにすれば、ただのゴミにしか映るまい。

湊は店の一帯を注意深く眺め、野点傘の下に入った。幸いなことに柄は黒に近い濃茶のため、文字を書かねばさほど目立たないだろう。

「申し訳ありません」

つぶやいて柄に筆ペンを当てる。祓いの力を込め、一本の縦線を引いた。

「いずれ消えますので……」

とはいえ、決して褒められた行為ではない。

湊は異様に力がこもっていた肩を下げた。

それから、誰にも見られなかったことを念入りに確かめ、店の戸口へと靴先を向けた。

○

周防庵と印字された紙袋を引っさげ、湊は帰途についた。その途中、またも揉めている人たちに出くわした。

十代であろう娘二人だ。憤っているのは片方だけで、もう一人はなじられているようだ。

事もあろうに彼女たちは、赤い鳥居のそばを歩いている。その奥に見えるもう一つの鳥居が湊の視界に入った時、娘の声が二オクターブ上がった。

「――だから私が言ったじゃない！　あんなインチキ退魔師を信用するなって！」

「だ、だって、あのお坊さんみたいな人、お母さんに憑いた悪霊を絶対祓ってやるって約束してくれたしっ」

「結局、お母さん変わってないんでしょ？」

「――もう叫んだり暴れたりしないから、マシにはなってる」

「マシってことは、完璧に祓われてないってことじゃん！」

閑散とした一帯に娘の罵声が木霊した。それらの会話を聞かざるを得ない不幸な者は湊のみだ。盗み聞きは行儀が悪くとも、聞き捨てならない内容でもある。

つい歩調をゆるめ、耳も傾けてしまったのは、致しかたないことだろう。

娘たちは鳥居の手前で止まり、憔悴《しょうすい》した様子の娘がうつむきがちに声を発した。

「退魔師の人が言うには、お母さんに憑いてる悪霊は相当強力だから、あと数回祓わないとダメだって。だから――」

「おバカさんねぇ、あんた。それ、詐欺の手口よ」

「そ、そんな」

湊は〝詐欺〟なる単語で、先日ツムギが言っていたことを思い出した。

一般人に悪霊に憑かれているとうそぶき、悪霊祓いを持ちかけたり、効果のない符を高値で売りつけたりする、不届きな者たちがいるらしいことを。

勝ち気そうな娘がうろたえる連れ合いに笑顔を向ける。

「大丈夫よ、心配しないで。私、噂を聞いたの、稲荷神社《いなりじんじゃ》にいけば悪霊を祓ってもらえるって！」

「――ここの？」

「違うよ、ここじゃない」

首を横へ振って鳥居の奥を一瞥したあと、声を抑えた。

「このあたりで稲荷神社っていったら、北部の稲荷神社でしょ」

「えっ、そうなの？　でも、こっちの神社のほうが大きいよね？」

「大きさは関係ないよ。建物なんて所詮人間が建てた物じゃない。あっちの稲荷神社は小さいけどちゃんと神様がいて、ご利益もすっごいんだから！」

「なんで神様がいるってわかるの？」

「本殿近くで神々しいお狐様を見た人がいっぱいいるのよ。黒い毛並みらしいけど、間違いなく神様だってみんな言ってる」

「――本当に？」

「ホント、ホント。とにかく、あんたのお母さん連れて北部にいこ。向こうの宮司《ぐうじ》さんが悪霊絡みにめっぽう強いらしくて――」

話を続けながら傍らのツレを促し、鳥居から離れていく。

その二人を首をめぐらせて眺めていた湊は思う。

ツムギは予想以上に人々に知られ、しかも神だと誤解されているようだと。

ツムギ曰く、信仰心を高めるため、時折あえて人前に姿を現すという。その企みはしかと実を結んでいるようだ。

さておき二人の娘が、ツムギもとい天狐に助けを求めるなら、悪霊に憑かれているらしき母親も救われるだろう。

ひとまず安堵した湊は、娘たちがいた場所に入れ替わるように立った。一の鳥居の向こうに立つのぼり旗に、稲荷神社と書かれてある。

「ここ、稲荷神社なのか……」

南部にもあったようだ。

確かにこちらの神社のほうが、一の鳥居もその先の二の鳥居も、天狐が御座す稲荷神社とは比べ物にならないくらい巨大で立派だった。奥の社殿は木々に遮られてほとんど見えないが、荘厳さが容易に想像がつく物々しさが漂っている。

目線を上げると、さらにその奥にあたる密集した樹冠を突き抜ける一本の大樹が見えた。箒《ほうき》を逆さにしたような樹形はイチョウだろう。

――あの大イチョウは、御神木なのかもしれない。

思いつつ社殿側を注視してみた。

神の気配は感じ取れない。

己の感度があまり高くないせいもあろうが、神社に神が常駐しているほうが珍しいだろう。

しばらくそこに佇むも、人影はどこからも現れず、風が落ち葉を転がす音だけが耳についた。

ここも寂しい空気だと感じた。天狐の神社の盛況ぶりを実際に目にしているため、なおさら寂れ具合が際立つように思えた。

ともあれ神社の人気については、湊のあずかり知らぬことだ。

「――いい加減、帰ろう」

踵を返し、鳥居から離れていった。

○

その日の深夜のこと。

周防庵の店先――野点傘の下に佇む黒い人影があった。

一筋の人工的な明かりも差さないそこは、翡翠色の光に満ちている。

ところがその色が急速に消えようとしていた。

黒衣の袖から伸びた手が、野点傘の柄に触れている。

湊が引いた墨色の線が闇色の粘液によって塗りつぶされていく。

「ちっ」

忌々しげな舌打ちが、暗い野点傘内に反響した。

第14章　あんよは上手

そろそろ雨が上がりそうだ。

太鼓橋を渡っていた湊は、鉛色の空を仰ぎながら思った。高空から地上めがけて降り注ぐ小雨は一滴も落ちてはこない。屋根のあたりで消えてしまう現象は、奇妙でしかないがもう慣れた。

ぐるりと周囲を見渡すと、少し前に神水を与えたばかりの庭木たちの青葉はみずみずしい。

「たまには自然の雨に打たれたほうがいい？」

好奇心から尋ねてみたら、ざわり、ざわり。全員が樹冠を横へ振った。

思いっきり拒否られてしまい、湊は笑う。

「神水おいしいからね」

『そうそう』とクスノキが樹冠をかすかに縦へ振った。

妙に仕草が大人しいような気がした。

訝《いぶか》しんだ湊は足早にクスノキへ近づく。

「具合悪い？　お腹《なか》すいた？」

すべての枝葉を細かく振動させるが、いつもの活きのよさは鳴りを潜めている。

クスノキの意思はある程度しか汲《く》み取れない。細かいニュアンスを知るにはやはり、通訳に頼むしかなかった。

縁側を見やると、タイミングよくヌシが目覚めたところだった。

仰向けで座布団に寝転んでいた大狼が、よっこらせ、と寝返りを打つ。のっそり顔を上げて大あくびをしてから、前足で顔を洗っている。呑気《のんき》なものである。

「山神さん、おはよう」

「――うむ」

頭がかすかにゆれて、ぼんやりしている。

ブルルッ。またもクスノキが身震いする。その様は何かを我慢しているように思えて、湊は早口で訊いた。

「山神さん、寝起きのところ申し訳ないんだけど、クスノキを診てもらってもいい？」

半開き口の山神がクスノキを一瞥し、

「――うむ、あの時期か」

頷いたあと、湊へ視線を移した。

「紅葉がはじまると云うておる」

「ああ、そうだったんだ。前にもあったね」

合点のいった湊は安堵した。

それはまだ、クスノキが大木の頃だった。

一夜にして青葉から枯れ色の葉へ変わったクスノキと寝起きに対面し、驚きのあまり叫ぶ羽目になったのは。

「あの時、俺が驚きすぎたから、我慢してくれたんだ」

ふるる。クスノキが震える。

「いいよ」

それを聞くや、徐々に紅葉していく。幹に近い葉から外側へ向かって、緑から紅へ。鮮やかに変わりゆく様は、早回しのようで、ややもったいなさを感じる。

紅葉は、日に日に変化していく過程をも楽しむものだろう。とはいえ致し方ない部分もある。なんといっても神木クスノキは、木の理《ことわり》から外れた存在なのだから。


たった三呼吸する間に、紅葉は終わってしまった。

「次は、枝葉を落とすんだよね？」

ゆさりと樹冠がゆれて答えた。その時、耐えられなかったのか、枯れ葉が数枚ポロポロ落ちた。

クスノキは普段、湊が掃除しやすいよう、まとめて葉を落としてくれる。とはいえ今はサイズが小さいため、大木の時の半分もないから掃除はさほど時間もかからない。

「いいよ、どんどん落として」

ゆさゆさと樹冠がゆれ出した。

けれども動きが鈍く、通常のようなヘッドバン並みの威力はない。枝葉の落ちも悪かった。

「どうかした……？　調子悪い？」

いまいち本調子が出ないらしきクスノキに手を貸すべきか否か。

「俺が手伝ったほうがいいのか。でもどうやって……」

迷っていると、山神が近づいてきた。

「どれ、我に任せておけ」

「――お願いします」

傍らを通り過ぎる山神はやけに気迫を漂わせている。若干不安を覚えたが、頼るしかないだろう。

クスノキの幹を前にした山神はおもむろに、そこへ前足をかけた。

そうして、思いっきり押した。バキッと甲高い音を立て、クスノキが後方へしなると、鱗状の樹皮がバラバラとはげ落ちた。それが動きを阻害していたようだ。

新しい樹皮に生まれ変わったクスノキは、いつものしなやかさを取り戻した。

が、山神の手助けは続く。

「ほれ」

掛け声に合わせ、前へ起き上がってきたら「ほれ」とまた押して。

バッサバサと前後へ激しく動く樹冠が、見る間にスカスカになっていく。落枝も四方へ派手に飛散し、散らかさないよう気をつけていたクスノキの苦労が水の泡だ。

「手荒すぎる……！　もう少し優しくっ」

焦った湊が止めようとするも、山神は止まらない。ガシガシ弾みをつけてクスノキをゆさぶる。

その曲がりようは、木ではなく、シリコンのようだ。

世界に二つとない希少な御神木であろうに、なんという雑な扱いをしてくれるのか。

「問題あるまい。毛ほども痛がっておらぬであろうよ」

山神が幹をリズミカルに叩くと、さらに落枝の勢いが増した。細い枝をうごめかせ、問題ないと告げていた。けれども――。

「そうかもしれないけど、見てて怖いよ」

先端の枝が地に付くほどだったゆえ。


そうこうするうちに、落枝は無事終了を迎えた。

「すっかり寒々しい姿になっちゃって……」

堆積した落ち葉の中心に立つのは、丸裸になったクスノキだ。葉っぱ一枚もない、新しい枝に芽すら出ていない。

なんとも悲しき姿に、湊の眉尻も下がった。

「まるで真冬の装いみたいだ」

生い茂っていた葉がなくなると、実に頼りない。

いま樹高は湊の腹部あたりだ。それなりに幹は太くなったとはいえ、以前に比べたら幼い印象は拭えない。

「案ずるな。こやつは神木ぞ。すぐさま元通りになるわ。――ほれ、見るがよい」

微弱に震えた次の瞬間、次々に芽が出て、若葉が育つ。花が開くように、青い葉が枝を彩っていった。こんもりとした樹冠の出来上がり、通常仕様のクスノキに戻った。

「お、背も伸びてる」

先端が湊の胸部にまで届いている。

「あっという間に大きくなるね。この分だとまたすぐに俺を追い越してしまうんだろうな」

「これでも遅いほうぞ」

「え、これでも？」

「左様。本来ならもっと早く巨木になる。前回の大きさでもまだ育ちきってはおらんかったぞ」

「ああ、そうか。だから龍さんは大きくさせようとするのか……。じゃあ、ここの敷地では狭いよね」

「そうさな。本当ならば、な。されど、こやつはあまり育つことを望んでおらぬゆえ、心配せずともよい」

クスノキがうねうねと幹をくねらせ、同意を示した。ますます柔軟性に富み、動きが滑らかになった。奇妙奇天烈な木もあったものである。

微笑みながら湊は足元の枝を拾う。鼻を近づけるまでもなく芳しい香気を嗅ぎ取れた。そうして、これには破邪の効果もふんだんに含まれており、前回もたくさんあったから、実家と播磨におすそ分けしている。

「今回の枝も配っていい？」

『どうぞ』とクスノキが樹冠を頷くように振る。お辞儀のようで完全に挙動が人間めいてきた。

湊が枝をせっせと拾っていると、かさりとかすかな音が鳴る。視線のみ上げたら、エゾモモンガが一番近い飛び石の所にいた。小さな枝を持って、匂いを嗅いでいる。

「いい香りがするよね」

声をかけても神霊は上目で見てくるのみだ。返事はせず、仕草で応えもしない。それでも構わず、寄ってきた時は話しかけるようにしていた。

それが功を奏したのか、たまにともに食事を摂《と》るようになったおかげか、逃げ出すことはめっきり減っていた。


神霊は枝を湊へかざす。

「ほしいの？」

コクンと頷いた。

「いいよ、好きなだけ持っていきなよ」

山神から神霊に対して『丁寧な言葉遣いは不要』と言われているため、セリたちと同じように接している。

エゾモモンガは前足でかき集めた束を抱え、背を向けた。歩み出したが、二歩で転んでしまう。

やはりどうしても、二本足で歩くクセが抜けないらしい。

地に伏せた小さな体に駆け寄りたくなる衝動を湊は抑えた。近づきすぎたら慌てふためいて逃げられるからだ。

「あの身は頑丈ぞ、怪我なぞほぼせぬ」

近くで鎮座し、眺めていた山神が告げた。

「でも、痛みはあるんだよね？」

「――多少はな。なにあやつは赤子ではない。泣き喚きはせぬ」

「そうかもだけど……」

見た目も相まって、庇護《ひご》欲を刺激されていた。とはいえ、エゾモモンガはうっかりさんだが、意外にも根性はある。

今度は枝を横咥えして石灯籠へ向けて歩み出した。

その動きはどうにもぎこちなく、まだまだ体を扱うのに慣れていないようだ。

湊と山神は顔を見合わせる。

「アレを与えるべきでは？」

「そうさな」

石灯籠からボテッと落ちた神霊へ、山神は眼を向ける。

「こちらへ、くるがよい」

神霊が大きく身震いした。

明らかに怯えているようだが拒否することはなく、鈍足ながらもそばにきた。

湊の足元に。そのかかとに隠れつつ、大狼と相対する。

湊は、なんともいえない気持ちになった。

神霊は人である己より、山神のほうが怖いらしいと、なんとなく気づいてはいた。それが決定的になってしまった。

思えば山神から神霊に近づいたことはなく、おそらく察していたのだろう。

三メートル以上離れていようとも、大狼はエゾモモンガが見上げなければならないほど巨体だ。

「山神さんが大きいから怖いの？」

試しに訊いてみるも、エゾモモンガはギュッと足首を握ってくるだけで答えない。

細かく震える神霊を見つめていた山神だったが、突如その身が蜃気楼のごとくゆらぎ、一瞬にして小さくなった。その身は子狼《チワワ》サイズ。ふすっと不遜に鼻を鳴らすも威圧感は微塵もない。

エゾモモンガは、口をポカンと開けていた。

「久しぶりの小さい山神さんだ。ちょっと懐かしい気持ちになったよ」

力が弱まって小さくなったわけではないから、湊もただ微笑ましく見ていられた。

ちんまりサイズの彼らは目線も近い。これなら大丈夫かと思われたが――。

「ダメ？　まだ怖い？」

エゾモモンガの震えは止まらず、湊の足首に額を押しつけた。

小狼が特大のため息をつき、苦い声でつぶやく。

「こやつは犬が苦手らしい」

「あー……」

なにせよく似ている。コメントのしようもなく、湊は苦笑するしかなかった。

「我、狼ぞ」

山神は不満げに尾で地を叩いた。

「――ともあれ、ぬしにこれを与えようぞ」

ちょいと前足を挙げると、肉球の下にボールが現れた。山神お手製――歩行訓練用ボールである。

それを踏んづける小狼にたいそう似合うそれは、中心にみかんが仕込まれている。

他の神からもらった、その神の実は味もさることながら、芳香も素晴らしく思わず生唾が出るほどだ。

ご多分に漏れず、みかんが大好きな神霊は身を乗り出し、喉を上下させた。

「我が夜なべしてつくったこれを使い、その身を自在に扱えるようになるがよい」

「夜なべは大げさじゃないかと思う」

こっそりささやく湊の下方、神霊が足踏みし、うずうずしている。

「この中にみかんが入っているのは、気づいておろう。これを三きろ――それなりの距離を転がせば出てくるゆえ、好きに食すがよい」

途中、単位が理解できないと気づき、適当に告げていた。

ほれ、と転がされたボールがこちらへ向かってくる。エゾモモンガは二本足で前に進み出るも、すかさず体を倒して四肢で駆け、つんと鼻で受け止めた。

その頭部よりやや大きなボールは大きすぎず、小さすぎない。やわらかすぎず、硬すぎない。よき塩梅である。

「サイズぴったりだね」

「むろん」

神霊は転がすかと思いきや、ボールにしがみつき、鼻を押しつけて嗅いでいる。魅惑の香りに抗えなかったらしい。

呆れた山神が半眼になった。

「――まぁ、うん。ぼちぼちでいいんじゃないかな」

湊がフォローを入れた時、バチャンと滝で派手な水しぶきが上がった。

幼い鯉《こい》が落ちた音だ。隣町の神の眷属御一行様は相変わらずここを修行場としているため、今日も訪れていた。

ボールを抱えた神霊が滝をじっと見つめる。

幼い鯉たちは何度失敗しても挫《くじ》けず、果敢に滝登りに挑み続けている。

軽く眉間にシワを寄せたエゾモモンガが、ボールを前へ転がした。コロコロ、コロコロ。前をゆく丸い玉を懸命に追いかける。もちろん、四つの足で地を蹴って。追いつくと前足や鼻先で押しやり、再び追った。

「この調子だと、そう遠くないうちにみかんが食べられるかもね」

「そうさな」

湊と山神が慈愛のこもった面持ちで眺めていると、ボールを鼻先で跳ね上げた直後、つまずいてボールともども転がった。


さて、お次は昼食でもと思っていたら、山神が声をかけてきた。

鼻先で裏門を示された。

「来客ぞ」

「――どちら様かな」

裏門から訪れるのは、人ならざるモノと相場が決まっている。

湊が早足で向かうと、格子戸越しに見えたのは、ツムギだった。ちょこんとお座りするその首に唐草模様の結び目がある。

お使いの途中に、先日のきび団子のお礼に寄ったのかもしれない。

思いつつ、より裏門に近づいた湊は、我が目を疑った。いつものお澄まし黒狐はそこにいなかった。

黒光りする美しき毛並みは艶を失い、荒れている。フワッと時たま膨らむ様子は静電気であろうか。

しかも猫背でうつむいていて、影が落ちるその顔もひどく暗い。そのうえ禍々《まがまが》しい黒雲を背負っているようにも見えた。

神の眷属としてあるまじき様相である。

「ツムギ、どうしたの!?」

「――ええ、まぁ、ちょっと……。よそと揉《も》め事《ごと》がありまして……」

据わった眼をして、苛立たしげに告げた。いやにやさぐれている。

ツムギの発言が気になったものの、何はともあれ回復してからだろう。ここには特効薬とも称すべき露天風呂がある。

湊は裏門を開けた。

「ともかくまずは温泉へどうぞ」

ツムギは深々と頭を下げた。

「まことに、まことにありがとうございます……！」

いそいそと裏門をくぐった小狐《こぎつね》は温泉へ駆け出した。


座布団に身を横たえた山神がその後ろ姿を見やり、大きなため息をついて前足に顎を乗せた。

その下方、ボールを転がすエゾモモンガが縁側をちまちま迂回《うかい》していく。

明るさが視界の端をかすめ、湊は空を仰いだ。雲の切れ間から陽光が放射状に地上へ降り注いでいる。

「天使の梯子《はしご》だ」

一説によると、幸運が訪れる前兆らしい。

本当のところわかりはしないけれども、自然からの贈り物はうれしいものだ。
ドボンと温泉に一本の水柱が立ち、滝壺にパチャパチャパチャ落ちる音が響く中、庭の中心に佇む湊はしばらく薄明光線を見上げていた。

数日後、待望のかずら橋の架け替え工事がはじまった。

五巻をお手にとっていただき、誠にありがとうございます！

作者の自分語りなんぞ誰得かと思いますので、今回も小話を書きました。

お楽しみいただけたら幸いです。

新入りはビビリちゃん

ゆるやかな川の流れと同じく、ゆるゆると時が流れる神の庭で、神と眷属が差し向かっていた。

縁側を背にする巨軀の大狼——山神と、裏門を背にするちんまりとしたテン——ウツギ。その距離、大狼三匹分。

ゴゴゴゴッ……睨みあう彼らから、そんな幻聴がしてきそうな物々しさだ。

山神が浅く身を落とすと、ウツギも同じ姿勢を取り、前足を土に食い込ませた。

「くるがよい！」

山神が鋭い声を発した次の瞬間、ウツギが地を蹴った。目にも止まらぬ速さで突進し、山神に爪をお見舞い——することはなく、太い前足ではたかれた。

バシッと耳を裂く風斬り音が鳴った時には、ウツギはすでに山へ向かって吹っ飛んでいた。

「キャハハハ……」

愉快そうな笑い声の尾を引きながら。

それと入れ替わるように、セリが裏門から駆け込んできた。

「山神、報告がありま――」

最後まで言わせてもらえず。

バチコーン！　と二発目の花火となって山へ打ち上げられてしまった。

それを湊は縁側から首をめぐらせて眺めていた。煌めく星になったのを見届け、山神に伝える。

「セリは遊んでほしかったんじゃなくて、なにか伝えたかったみたいだよ」

「ぬ？　そうであったか。――ならば、じきに戻ってこよう」

気にもとめず、山神は縁側へ歩み出した。

いまの一連のやり取りを、湊は〝山神アトラクション〟と呼んでいる。

無邪気なウツギが山神に『山へ投げて』とゆすったことからはじまった遊びで、時折セリとトリカも巻き込まれているものの、満更でもなさそうで眷属三匹は楽しんでいる。

一方、新入りの神霊はというと――。


石灯籠の柱に隠れつつ、山神一家の豪快なる触れあいをのぞいていた。

なかなか刺激が強いらしく、その身をかすかに震わせ、おののいている。毎回、気になって仕方ないようだが、気疲れするのか見終わったあと、毎回ぐったりとなっている。

晴れて山神ファミリーの一員になった暁には、同じ扱いをされると危惧しているのかもしれない。

未来への不安からか、いまも若干フラフラしていた。危なっかしいことこの上ない。

「あ、そうだ」

そこで湊は閃《ひらめ》いた。

疲れたなら温泉に入ればいいじゃないと。

温泉宿の息子の思考は、実に単純明快だった。


湊は露天風呂の湯を木桶《おけ》で掬《すく》い取った。その量は桶の半分にも満たない。

「——これくらいかな」

小粒な神霊が溺れたら、目も当てられないからだ。

歩くのもままならないならば、泳ぐなどもっての外だろう。

ちゃぷちゃぷとあえて少し水音を立て、石灯籠へ近づく。即座、エゾモモンガは柱の裏へ隠れてしまった。遠すぎず近すぎない絶妙な位置に木桶を置いた。

立ち上る湯気には、ほんのり硫黄の香りが交じっている。

湊にとって馴染み深く安心する香気だが、神霊にとってはどうであろうか。

やや不安に思いながら距離を取ると、神霊が顔をのぞかせた。鼻をひくつかせ、上目で見てきた。

相変わらず一言も声を出さないが、話しかけたら何かしらの反応は返ってくる。

「これに入れば、疲れも取れるよ。よかったらどうぞ」

神霊は、首を伸ばしながら近づいてきた。

木桶にたどり着くと、よじ登って縁にしがみつき、前足で湯を掻こうとした。

が、届かない。途方に暮れたように見てくる。

ご用命とあらば。湊はそっと近づき、くぼませた片手を差し出した。するとすぐに乗ってきた。

その感触、蒸したてのお饅頭《まんじゅう》のごとし。

うおおーッ！　と浮足立ったが己を律し、エゾモモンガを木桶の中央に浸けた。

水量はほどよく、その身の半分程度でよき塩梅である。手を引き抜いて見守っていると、パチャパチャと湯を掻いて遊び出した。顔を洗ったり浸したりする仕草は、いかにも元人型めいている。

ともあれ、気に入ってくれたようだ。しかしながら、あとはごゆっくりどうぞと放置するわけにもいかない。

案の定うとうとしはじめ、湯の中に倒れそうになった。

オロオロとつきっきりで介助する湊を、縁側で寝そべる山神が半笑いで眺めていた。

◆

五巻を刊行するにあたり、ご尽力いただいた関係者の皆様、心より感謝申し上げます。

電撃の新文芸

神《かみ》の庭《にわ》付《つ》き楠木《くすのき》邸《てい》5

著者／えんじゅ
イラスト／ox

2023年8月17日　初版発行

発行者／山下直久
発行／株式会社ＫＡＤＯＫＡＷＡ
〒102-8177　東京都千代田区富士見2-13-3
0570-002-301（ナビダイヤル）
印刷／図書印刷株式会社
製本／図書印刷株式会社

【初出】……………………………………………………………………………………

本書は、「小説家になろう」に掲載された『神の庭付き楠木邸』を加筆、訂正したものです。
※「小説家になろう」は株式会社ヒナプロジェクトの登録商標です。

ISBN978-4-04-915063-6　C0093　Printed in Japan

●お問い合わせ
https://www.kadokawa.co.jp/（「お問い合わせ」へお進みください）
※内容によっては、お答えできない場合があります。
※サポートは日本国内のみとさせていただきます。
※Japanese text only

ファンレターあて先
〒102-8177
東京都千代田区富士見2-13-3
電撃の新文芸編集部

「えんじゅ先生」係
「ox先生」係